Mortelle
Saint-Valentin

Victoria B.

ISBN : **9798877323322**

Qu'est-ce qu'un Corbeau ?

On en croise tous au moins une fois dans nos vies. Cette personne vile et malveillante, nichée dans l'ombre et attendant patiemment votre chute.

Bien souvent empressé, cet abominable oiseau de malheur va jusqu'à colporter des rumeurs. Qu'elles soient fausses ou vraies, là n'est pas l'essentiel de sa sombre manœuvre.

À l'ancienne ou modernisé, il utilise tout un tas de moyens pour vous atteindre, espérant ainsi sournoisement, votre fin.

Quelques fois le Corbeau réussi d'une main de maître sa vilainie, mais d'autres fois, la saleté y laisse ses plumes...

REMERCIEMENTS

Je vais vous raconter une petite histoire,
celle d'un auteur et de tant d'autres...

La lumière brille et n'illumine que l'écrivain
et pourtant...

Selon moi, pour grossir, l'araignée a besoin de toutes
ses pattes pour tisser la meilleure toile et attraper de
succulentes proies, en d'autres termes, vous, lecteurs !

Ainsi donc, je suis cette araignée et tire ma force de
toutes mes pattes, qu'elles soient locomotrices tel que
mon brillant alpha **Yann auteur** qui m'accompagne et
me guide à chacun de mes pas.

Ou qu'elles soient pédipalpes, celles-ci dites « pattes-
mâchoires » pour faire référence à mes deux
merveilleuses bêtas, **Johanna Diallo** et **Claudine
Garcia** qui m'aident à me nourrir correctement en
m'évitant l'indigestion par leur talent de correction et
d'incessante relecture.

Ainsi donc, et grâce à mes pattes, je tisse de
merveilleuses toiles et fais de mes proies, un divin
festin...

En ça, chers lecteurs, je vous remercie infiniment de
vous laisser prendre dans mes filets et m'offrir avec
délectation votre cœur...

Un livre n'est pas seulement le talent d'une seule
personne, mais d'un ensemble.

DÉDICACE

On dit souvent que lorsqu'une femme est en colère, le
Diable s'assied et prend des notes.

Mais lorsqu'il s'agit d'un homme, laissez-moi vous dire que
Satan lui-même lui cède son trône !

À tous ces hommes trompés…

DÉDICACE PERSONNALISEE

Préambule

Ma main glissait sur son joli p'tit cul rebondi, je caressais doucement la raie de ses fesses. Elle avait gémi au délicat passage de mes doigts, avides d'entrer en elle. À cet instant, j'avais eu une sale envie de l'entendre hurler de plaisir, de sentir sa cyprine dégouliner le long de mes phalanges. Mon sexe s'était alors brusquement dressé, raide comme un satané piquet de grève. Puis là, d'un coup, ce foutu réveil avait sonné en brisant une fois de plus mon désir matinal.

Sous les draps, son cul avait soudainement oscillé en dégageant ma main inquisitrice d'une traite.

Fichtre de merde ! D'un bond, elle s'était subitement levée et m'offrait là une vision de rêve. J'm'étais franchement régalé en détaillant la chute de ses reins, figée sous les quelques rayons du soleil qui filtraient dans notre chambre. Galbée comme une diablesse, Carla s'était retournée et tel un ange tombé du ciel, elle m'avait souri.

— Bonjour mon amour, disait-elle, avec sa jolie petite bouche en cœur.

Ah putain ! Si vous l'aviez vu... C'qu'elle était bandante ! À réveiller un mort ! J'aurais tout donné pour pouvoir me mettre sur pied en un rien de temps et la dévorer comme une bête enragée.

— Bonjour ma chérie.

— Comment tu t'sens aujourd'hui ? Ta jambe...

J'étais si perturbé par sa chair qui se mouvait sensuellement sous mes yeux que j'en avais complètement oublié mon maudit handicap. Et à cet instant, l'esprit embrouillé par toutes ces foutues obscénités, je n'avais pas osé lui avouer que si ce fils de pute de cambrioleur ne m'avait pas tiré dans la cuisse, comme une saleté de lapin, j'aurais probablement baisé sa chatte depuis longtemps. Cinq ans de mariage et elle me rendait toujours aussi dingue. Depuis notre lit où j'étais piteusement cloué, je gardais les yeux rivés sur ses deux magnifiques obus. Je devenais fou d'envie pour elle. Ses mamelons succulemment rosis se dressaient insolemment sous mon nez. C'était presque une provocation malsaine et j'avais juste envie d'aller y planter mes crocs.

— Mon cœur... me relançait-elle en attrapant du bout des doigts son string en dentelle rouge.

— Euh oui. Pardon. Très bien. La kiné fait son effet et j'pense reprendre du service dans pas longtemps ! lui avais-je alors répondu, un filet de bave sous le menton.

— Je suis heureuse pour toi ! Je dois me dépêcher, je vais être en retard au travail.

Impuissant, je la regardais se vêtir. J'étais pire que dégoûté de ne pas pouvoir arrêter la course folle de ce minuscule morceau de tissu rouge qui s'enroulait autour de ses cuisses et qui petit à petit, recouvrait sa jolie petite fente, suavement épilée. Féline jusqu'au bout de ses ongles vernis, Carla attisait férocement la jalousie, tant celle des hommes que des femmes. Je savais que pas mal de mes collègues-flics crevaient d'envie d'être à ma place. Et même si certains d'entre eux me mettaient en garde, je restais fou amoureux d'elle. Ça me rendait tellement plus fier d'être le seul et l'unique élu de son cœur. Mon seul regret avait été qu'elle refusait de me donner un enfant. Carla voulait d'abord prioriser sa carrière professionnelle. Elle ambitionnait de devenir un jour dentiste et d'ouvrir son propre cabinet.

Ce matin-là, elle était comme à son habitude, sapée d'une minirobe moulante et affriolante bleue électrique qui mettait davantage ses jolies formes en valeur. Avant d'aller travailler, elle s'était penchée pour déposer ses lèvres sucrées sur les miennes et m'offrir un divin baiser...

— À ce soir mon chéri !

— Bon courage au travail mon cœur. Je t'aime.

Sur ses talons aiguilles, ma petite assistante dentaire déambulait sensuellement jusqu'à la porte de notre chambre à coucher. Puis, d'un délicat mouvement de bassin, elle s'était retournée pour m'envoyer un dernier bisou qu'elle m'avait soufflé depuis le creux de sa main vers le lit où avec ma demi-molle, je restais pitoyablement allongé. Les yeux remplis d'amour, je l'avais alors regardé quitter la pièce encore assombrie en me languissant déjà de la retrouver le soir venu.

En réalité, je trépignais bien plus d'impatience de retrouver toutes mes facultés physiques pour reprendre mon job la journée, mais pas seulement. J'vous cache pas qu'une fois la nuit tombée, j'brûlais aussi d'envie de recommencer à froisser nos draps, tout comme avant ce maudit braquage. Dans un coin de ma tête, je m'imaginais l'agripper sauvagement par les hanches pour lui faire avidement l'amour. Cette vie-là me manquait terriblement et le temps m'avait paru bien trop long jusqu'à ma complète guérison.

Après son départ, j'avais pris pour habitude de tuer le temps en coulant des journées pénardes devant la téloche. Rien de palpitant ou d'excitant, j'me faisais plus chier qu'autre chose en attendant son retour. Mais ce jour-là allait être différent. Les yeux rivés devant le petit écran, j'étais à mille lieues de me douter que j'allais me ramasser le plus violent de coup de poing de ma vie. C'est là que notre histoire commence.

Je m'appelle Ezekiel, jeune flic, la trentaine, plutôt beau gosse et bien bâti, avec un sinistre secret dans mon placard....

CHAPITRE 1

Une torride rencontre

Dehors il pleuvait comme vache qui pisse et pourtant, elle avait opté pour son perfecto en cuir et ses p'tites bottines à talons aiguilles. J'étais bien plus inquiet qu'elle ne prenne froid en cette saison hivernale plutôt qu'elle ne se fasse bouffer du regard par de sales queutards, affamés de chair fraîche. J'avais une totale confiance en elle. Et pour cause... Quand je lui faisais l'amour, elle était très active et en redemandait toujours. Carla n'était jamais rassasiée ni de ma bouche ni de mon sexe. C'était comme ça à chaque fois. Elle montait sur moi et se faisait du bien en ondulant sensuellement des reins. Dans ces moments-là, pas besoin de vous expliquer dans quel état d'excitation j'étais. Avoir une magnifique paire de seins qui ballotait en rythme de ses va-et-vient... c'était l'extase absolue !

Carla avait ce don de me transformer en véritable machine de guerre, prête à lui démonter sauvagement l'entrecuisse. En plus, ma maudite diablesse n'avait pas sa langue dans sa poche. Elle débitait toujours un flot d'obscénité, juste au creux de mon oreille. Y'avait pas à dire, c'était une véritable bête de sexe. Ma femme a toujours eu un appétit d'ogresse et franchement, moi j'adorais ça. Jusqu'à ce jour où, lors d'une banale attaque à main armée, dans une supérette du côté de Kensington, un sale type m'avait méchamment touché en me perforant d'une balle le haut de la cuisse. C'est là que les choses se sont gâtées...

Gravement blessé à l'aine, je pissais le sang. Mais j'étais quand même heureux, car à quelques centimètres près, ce sale connard de toxico aurait pu faire de mes couilles de la chair à pâté ou pire, me sectionner l'artère fémorale ! C'était il y a quatre mois. Du coup, je n'étais plus en état de patrouiller avec mes collègues et à contrecœur, j'ai dû me foutre en arrêt-maladie…

Au début, j'étais pire qu'un légume, un pauvre handicapé incapable de tenir sur mes guiboles. J'étais même plus foutu de me lever ni même de chevaucher ma chérie pour combler son appétit sexuel. J'voyais bien qu'au fil des semaines, notre vie de couple avait pris un sale coup dans la gueule. Nos jeux coquins avaient laissé place à une maudite frustration palpable à même nos draps. Sa jolie peau laiteuse n'attendait que d'être dorlotée par mes doigts, ma bouche ou mon sexe. Mais, diminué, je n'arrivais à rien si ce n'est que serrer minablement les poings de rage pour avoir la plus jolie femme au monde, juste à côté de moi, sans même pouvoir goûter son nectar. J'étais désespéré en apercevant ses sublimes yeux de chat couleur émeraude qui ne me regardaient plus avec envie, mais avec cette insupportable pitié. Carla n'était plus ma femme, mais mon infirmière… la nénette qui vous ramène ce truc merdique en plastique pour pisser dedans et qui une fois plein, le vide en grimaçant à cause de l'odeur puante… Bah c'était devenu ma femme. Malgré tout, j'essayais de me raccrocher à notre amour en me remémorant le bon vieux temps.

Quelques fois, en son absence, quand les journées me paraissaient trop longues, j'me repassais le DVD de notre mariage. Ça m'rappelait tout un tas de souvenirs, notamment celui de notre toute première rencontre. Ce jour-là, j'avoue qu'elle m'avait sacrément brûlé avec sa tasse de café qu'elle venait tout juste de me renverser sur ma belle chemise blanche. Mais devant cette beauté, pour ne rien laisser paraître, j'avais alors fait du zèle en bombant fièrement le torse.

Elle n'avait pas cessé de s'excuser en s'efforçant, du bout ses doigts, d'essuyer le café et déjà là, à son contact, j'avais eu une petite érection. Elle était si belle dans sa petite jupe noire fendue jusqu'en haut de la cuisse et son petit pull rouge d'hiver qui recouvrait à peine ses jolies épaules.

J'étais prêt à tout pour la séduire. Je voulais cette nana-là, c'était elle et pas une autre ! Mon corps entier était en surchauffe. Vous voyez l'truc ? Carla venait tout juste de déclencher un furieux volcan en moi et dans ses yeux, j'pouvais aussi y lire le plaisir qu'elle ressentait à laisser glisser sa main sur mes pectoraux. Ah ça ! En quelques secondes, cette jeune fille d'à peine vingt ans m'avait complètement ensorcelé.

Déjà à l'époque, la jolie brunette était très gourmande. Je n'avais eu aucun mal à le remarquer en voyant ses joues rougir lorsqu'elle avait effleuré mon insigne métallique. La coquine s'en était même suavement mordu les lèvres, comme si elle déroulait tout un fantasme, bourré d'obscénités dans sa p'tite tête. La vache ! À cet instant, j'me souviens que j'avais juste envie de la kidnapper pour l'emmener de force derrière le coffee-shop. Là, j'l'aurais volontiers plaquée au mur du Starbucks en lui passant les menottes, histoire de lui faire une fouille approfondie de son sublime p'tit corps. À côté de moi, Liam mon collègue, raclait sa gorge. Ce cochon de vingt-sept ans, plutôt beau gosse, souriait à pleine bouche et ne s'arrêtait plus de gesticuler à ma droite, tout ça pour essayer d'attirer le regard de la brune incendiaire.

— Mademoiselle, j'ai aussi reçu quelques gouttes de café, juste là, lui disait-il en soulevant légèrement sa chemise juste pour lui montrer sa magnifique tablette de chocolat.

Franchement, c'était flagrant qu'il avait espoir de s'la faire. Habituellement, j'aurais rien dit, car Liam était bien plus qu'un collègue, c'était mon meilleur ami depuis ma plus tendre enfance. Ça nous est même déjà arrivé de partouzer ensemble une ou plusieurs nénettes en chaleur, parfois chez elles, mais le plus souvent dans des clubs échangistes.

Rien qu'à l'entrée de ces torrides nightclubs, les nanas commençaient déjà à lorgner le joli p'tit cul bombé des deux jeunes flics en civil. À nous deux, on en a dévoré de la chatte et y'en avait pour tous les goûts ! Des grosses, des étroites, des poilues et des fentes bien luisantes et parfaitement épilées, mes préférées. On était assez complémentaires, lui adorait sodomiser, quant à moi, j'avais un faible pour la pipe. J'ai toujours adoré me faire bouffer les couilles ou encore étouffer la nana en me déchargeant bien au fond de sa gorge, tout ça pour la forcer à avaler. Ça faisait marrer Liam, qui disait que j'devais être sacrément frustré au travail pour être aussi violent. Dans l'fond, il avait peut-être raison... arrêter tous ces p'tits connards pour les voir relâcher une semaine plus tard... ouais c'est clair que c'était rageant ! Surtout quand je les recroisais au coin des rues avec leurs saletés de rictus en travers leurs gueules de merde. Des vrais zgegs sans avenir !

Bref. Revenons plutôt à nos moutons. Ce jour-là, Liam était lui aussi en feu et il n'arrêtait plus d'me donner des coups de coude. J'pense qu'il aurait bien voulu que j'lui file un coup de main pour brancher Carla. Mais, cette fois-ci il pouvait se mettre un doigt dans l'cul et faire l'avion ! Elle m'avait tapé dans l'œil et pour une fois, ça allait bien au-delà du sexe.

— Mademoiselle... relançait-il, comme un gosse désespéré qu'on prive de dessert.

À côté de nous, mon collègue était devenu totalement transparent et à voir les yeux verts de Carla s'enflammer dans les miens, Liam n'avait aucune chance. Apparemment, la demoiselle avait un faible pour les bruns ténébreux, pas pour les blondinets, même musclés. À un moment, j'étais même gêné qu'elle sente mon désir former une bosse sous mon froc. Pourtant, le cul n'a jamais été un problème pour moi. Bien au contraire, j'ai toujours été gourmand, peut-être même un peu trop pour justement trouver la femme parfaite. Mais, j'sais pas, avec elle, c'était différent. En un regard, j'ai su qu'elle serait mienne !

— Mince ! Vous êtes dans un sale état ! J'espère que vous me pardonnerez... disait-elle, encore toute chamboulée.

— Ça dépend ! Soit j'vous arrête pour atteinte à la pudeur sur un officier en service, soit vous acceptez un diner !

Ma technique de drague semblait fonctionner. Carla avait eu un sourire qui m'avait complètement envoûté. Quant à Liam, mort dans le « *game* », il tirait la tronche jusqu'au par terre. Putain, c'qu'elle était belle. La demoiselle était plus jeune que moi d'au moins six ans, mais j'en avais rien à foutre qu'elle sorte à peine de l'adolescence. Et croyez-moi, ce corps là, vous ne l'auriez pas non plus laissé filer entre vos doigts.

— Bon... j'ai plus rien à foutre ici. J't'attends dans la voiture, mec ! avait balancé mon collègue en pleine frustration, juste avant de partir avec la queue derrière l'oreille.

— OK mec ! Alors, jolie inconnue... Vous me tendez vos poignets ou vous préférez me donner votre numéro ?

— Oh ! Euh...

Elle était encore plus craquante dans ses moments d'hésitation. Comme une gosse qu'on a envie de protéger.

— On peut faire les deux si vous voulez... lui avais-je alors répondu, un brin machisme dans la voix.

J'avoue que j'aurais pu attendre un peu avant de lui balancer ce genre de conneries. Mais, j'sais pas... j'avais dû sentir son envie de moi. J'me souviens que je la déshabillais du regard et elle semblait aimer ça. Puis d'un coup, elle m'avait coupé la chique quand avec ses mains, l'impertinente m'avait tâté le fessier avant de les mettre dans les poches de ma veste de service. Là, elle s'était emparée de mon portable pour y enregistrer son numéro de téléphone.

— Me faut votre code de déverrouillage, monsieur l'agent !

J'aimais déjà ça son côté provoc.

— Mais, je compte vous donner bien plus, charmante demoiselle !

CHAPITRE 2

La vierge Carla !

Juste après cette rencontre improbable, elle n'avait cessé de m'obséder. Mais je crois qu'elle aussi était très vite tombée sous mon charme. Je pense même que comme un paquet de femmes, le fantasme du flic sadique la faisait beaucoup rêver. Se faire prendre avec de vraies menottes aux poignets, caressée par le bout métallique d'une matraque, ça devait vachement la faire saliver. En même temps, j'reconnais qu'ça a un côté excitant. En tout cas, elle n'avait pas perdu de temps pour m'appeler.

Dès le lendemain de l'incident, elle était déjà pendue à l'autre bout du fil à demander de m'revoir.

— Mon p'tit Zacki, t'es un sacré veinard, tu sais !! disait Liam, clairement dégoûté que la pin-up m'ait choisi.

Je pense qu'à sa place, j'l'aurais eu mauvaise aussi. Une femme comme ça, on en rencontre qu'une seule fois dans sa vie.

Pour notre premier tête à tête, j'avais choisi un beau resto, bon chic bon genre. Mon cœur s'était violemment mis à palpiter en l'apercevant juste à l'entrée de la salle bondée. D'une démarche féline, elle arpentait la petite allée jusqu'à notre table et tout le long, je n'avais pas pu m'empêcher de la dévorer des yeux. Elle portait ce genre de pantalon similicuir noir. Vous savez, ce machin qui vous moule le boule presque comme une deuxième peau. Quand je la regardais, perchée sur ses hauts talons rouges, j'étais déjà en feu en m'imaginant tout c'que j'pouvais faire avec sa jolie carrosserie. Y'a que les mecs pour comprendre ce genre de trucs. C'est que face à des jolies plantes, nous les hommes, on a tendance à fonctionner au radar. Mais là, même si sa beauté était carrément un appel au sexe, j'm'étais bizarrement efforcé de rester concentré sur elle, sa vie et ses loisirs. J'avais vraiment cette envie de la connaître davantage et j'crois bien que ça m'était pas arrivé depuis les années lycée. En un seul battement de cils, Carla avait su me captiver. Bref, c'était une première rencontre très banale, entre un homme et une femme, qui se découvraient l'un l'autre. Mais, au fil de la discussion, nos échanges de regards tenaient là la promesse d'une chaude soirée.

Plus tard, dans la nuit, rien qu'en la voyant se dévêtir au pied de mon lit, j'avais dû me contenir pour ne pas me jeter sur elle, comme une bête enragée. Je n'avais jamais vu une silhouette aussi harmonieuse. Tout était parfait ! Un joli quatre-vingt-dix D surplombant une taille de guêpe et un fessier digne d'exaltants films pornos. Ses longues jambes divinement galbées lui donnaient l'apparence d'un jeune félin en chasse. Allongé sur le dos et nu comme un ver, je la regardais s'approcher de moi. Elle avait aux coins des lèvres, un joli sourire coquin et dans ses yeux de chat, ce truc malicieux, qui en disait long sur ses perverses intentions. Entre nous, j'allais sûrement pas m'en plaindre, bien au contraire ! J'en redemandais même et putain de merde, j'allais être servi...

Son regard de braise n'avait plus quitté plus le mien. Et lorsque ses doigts s'étaient sensuellement agrippés à mes cuisses, j'avais soudainement été parcouru d'exquis frissons. Lentement, la jolie brune s'était alors penchée entre mes jambes et m'hypnotisait par son incroyable beauté. Face à ses jolis yeux verts, moi je restais là, avidement torturé par de sulfureuses caresses buccales. Jambes tendues, j'avais presque eu la sensation de me prendre une décharge électrique quand sa langue s'était suavement enroulée autour de mon gland, pour lentement coulisser le long de ma queue. J'étais clairement au paradis et je découvrais là une fille de vingt ans, belle comme un cœur et avec une libido bouillonnante, comme les chutes de Niagara. Ah ça... elle savait s'y prendre, la canaille ! Et même si elle avait gardé cette part de mystère sur son passé amoureux, j'étais persuadé qu'avec une maîtrise pareille, sa bouche avait dû honorer pas mal de mecs avant moi. Mais, pour l'heure, je n'avais pas trop voulu y penser et j'espérais surtout être le dernier sur sa liste, car pour moi, fatalement, Carla représentait mon idéal féminin.

J'en étais très vite tombé fou amoureux, si bien que je m'étais décidé à la demander en mariage avant que quelqu'un d'autre ne me la vole. Six mois après notre rencontre, la sublime brunette m'avait comblé de joie en acceptant de devenir mienne pour la vie.

Si vous l'aviez vu dans sa robe de mariée en satin blanc, c'était une vraie diva. Tous, surtout mes collègues, bavaient sur son passage jusqu'à l'hôtel, où je l'attendais dans mon costume gris anthracite. Nos vœux prononcés, j'étais l'homme le plus heureux sur terre, comme jamais je ne l'avais été auparavant.

Ma p'tite femme et moi formions le couple parfait. J'étais piqué, raide dingue de cette nana-là. Elle avait ce truc pour me rendre encore plus fou de jour en jour par de petites attentions. Des messages tantôt amoureux, tantôt bouillants qui rythmaient mon quotidien et qui m'empêchaient totalement de travailler. Vous voyez ce genre de messages avec des p'tites photos compromettantes, laissant présager la nuit blanche à venir. Comment tu veux bosser correctement après ça ? Même Liam en était devenu jaloux. Ce pervers sur pattes me suppliait de voir les messages, mais Carla n'était pas une poule à partager. Mon plus fidèle ami déplorait aussi mon côté « rangé ». Fini les soirées à faire la bringue entre collègues et à baiser tout c'qui bouge.

— OK, OK, Zacki, mais bordel ! Elle doit bien avoir une copine pour moi !

Il me faisait bien marrer avec sa gueule de déprimé. Malheureusement pour lui, ma femme était unique et il n'y en avait pas deux comme elle !

En regardant le DVD de notre mariage défiler, je réalisais qu'après ces cinq années, je n'avais jamais eu à m'en plaindre. Elle répondait parfaitement au moindre de mes désirs et moi, aux siens. Jusqu'à ce foutu incident de la supérette...

Les premiers jours, ç'a été très dur pour elle, comme pour moi. Fini le flic musclé qui pouvait lui faire l'amour en la soulevant à bout de bras, dans n'importe quelle pièce de l'appartement. Fini les soirées entre potes, tantôt chez eux, tantôt chez nous et quelques fois, les bringues entre collègues au resto. Fini les longues balades en amoureux à admirer ensemble le coucher du soleil depuis la plus haute colline. C'est là, après quelques semaines que pour la première fois, je l'avais sentie me filer entre les doigts.

Elle se couchait en me caressant à peine la joue, juste pour la forme, puis me tournait le dos. Elle devenait froide et distante. Au début, j'me disais qu'elle avait probablement raison. Après tout, ça n'servait à rien de faire monter la pression pour rester comme deux couillons derrière. Mais y'avait autre chose qui me gênait profondément, sauf que j'arrivais pas encore à mettre le doigt dessus...

Y'avait aussi ce truc qui me rendait complètement fou. Depuis quelque temps, elle recevait des textos à pas d'heure et de plus en plus fréquemment. En la voyant sourire devant l'écran de son portable, j'avais fini par la questionner, mais elle répondait toujours la même chose...

— C'est Audrey, tu sais ma collègue ! Elle me
raconte ses péripéties amoureuses. Elle dit
qu'elle est tombée sur un gros lourdaud, pas
capable d'assumer une cacahuète au pieu !

D'un côté, j'étais sincèrement rassuré de savoir que
celle qui n'arrêtait plus de faire sonner le téléphone de
ma femme n'était autre que sa collègue, sa meilleure
amie Audrey. Une jolie femme aussi, blonde, avec un
corps et une intelligence à filer des complexes à des
mecs un peu trop primitifs. Je l'aurais bien branché
avec Liam, mais j'pense qu'il aurait fini par
s'emmerder avec une fille pareille, belle, mais trop
intellectuelle ! D'un autre côté, en la voyant sourire et
se moquer des piteux amants de sa pote, j'avais cette
boule d'angoisse qui me montait à la gorge. Car moi-
même, depuis des semaines voire des mois, j'étais
malgré moi devenu ce gros balourd, incapable de lui
donner un quelconque plaisir... Je pense qu'en
apercevant mon visage fermé, elle avait dû se rendre
compte de ma frustration. C'était même certain, car à
chaque fois, ma femme s'avançait pour m'apaiser

d'un tendre baiser. Et quelquefois, quand les bisous ne suffisaient pas, elle allait jusqu'à dégainer des phrases de merde, juste pour me calmer.

— Tout le monde n'a pas la chance d'être mariée au ténébreux et puissant Ezekiel !!

Sur le moment, j'avoue que ça flattait mon égo. Et pourtant, l'angoisse restait omniprésente, logée quelque part dans un coin de ma tête, mon bide ou encore, coincée en travers de la gorge et pour cause...

Quelquefois, son satané portable sonnait même au moment du coucher. Là, elle disait que c'était de la pub ou des rappels qu'elle s'était programmée pour le job, sans jamais me montrer. Pourtant j'aurais bien voulu y jeter un œil, histoire de chasser une fois pour toutes ces maudites suspicions. Même si j'en crevais d'envie, je ne lui ai jamais rien demandé, par crainte de lui paraître intrusif ou trop jaloux. Carla détestait ça. J'aurais peut-être pu essayer d'aller fouiller moi-même, mais avec ma foutue béquille, j'me déplaçais à la vitesse d'un escargot. C'est con à dire, mais elle m'aurait grillé en moins de deux. En plus, son téléphone était verrouillé et je ne connaissais pas son code.

Au fil des semaines, j'en étais devenu obsédé, surtout lorsqu'elle mettait un temps fou à rentrer des courses. Elle avait toujours un bon prétexte à me balancer. Tantôt, c'était la foule ahurissante dans les magasins, tantôt de gros embouteillages sur la route. Si vous l'aviez entendu, c'est qu'elle était archi convaincante. J'avais même fini par culpabiliser en songeant que le problème venait en réalité de moi et de mon foutu handicap. Alors pour chasser toutes ces maudites pensées de mon esprit, je m'étais acharné à vite me remettre sur pied.

Après trois longs et pénibles mois de séances de kiné, j'arrivais enfin à lui faire l'amour, mais sans grande folie. Mes coups de reins étaient encore trop hésitants, un peu comme un puceau en apprentissage de sexe. J'avais aussi beaucoup de mal à tenir en équilibre, si bien que j'avais dû temporairement faire une croix sur la levrette, notre position préférée. C'est pas l'envie qui me manquait de fesser son joli petit cul rebondi, mais je devais prendre mon mal en patience. Les médecins étaient plutôt confiants et disaient qu'il fallait six bons mois pour que tout rentre dans l'ordre.

Mais il n'en a même pas fallu trois à Carla, pour s'enfiler des tonnes de bites dans mon dos...

CHAPITRE 3

Vous avez reçu un message !

Au son de la pluie torrentielle qui frappait fort sur les vitres du salon, je restais là, à regarder avec une certaine nostalgie le film de notre mariage. Bordel ! J'aurais tout donné pour revivre un seul instant de cette magnifique journée. Après tout ce temps, Carla n'avait pas changé d'un poil. Ma femme était toujours aussi jolie et comme le bon vin, avec les années, elle devenait de plus en plus rayonnante.

L'heure filait à une vitesse folle et

l'ambulancier n'allait plus tarder à venir me récupérer pour m'emmener faire ma séance de kiné hebdomadaire. Je m'étais alors levé pour éteindre la télé et c'est là, à cet instant précis, que mon téléphone s'était subitement mis à vibrer sur la petite table en verre. À l'écran, y'avait écrit « *1 nouveau message* », provenant d'un numéro que je ne connaissais absolument pas. Un peu piqué par la curiosité, je l'avais très vite ouvert, sans savoir qu'à la seconde suivante, j'allais me ramasser un violent front kick en pleine poire...

« *Sale bâtard ! Si seulement ce branleur de la supérette ne t'avait pas loupé, elle serait à moi aujourd'hui ! T'arrives même plus à pisser tout seul. T'es qu'un bon à rien, même plus foutu de la baiser comme un homme, un vrai ! Et bordel de merde, elle s'entête à rester avec toi. Saleté d'couilles molles ! T'étais cocu avant même de lui avoir passé la bague au doigt. Et ouais mec... elle ne t'aime pas, d'ailleurs cette petite pute n'aime personne ! Toi, c'est juste de la pitié ! J'ai pas fini de t'en apprendre sur ta salope de femme, une belle chienne en chaleur, comme j'en ai rarement vu... J'vais te donner des trucs bien plus distrayants que tes émissions de TV à la con et crois-moi, tu vas en prendre plein les mirettes ! Garde bien ton tel à portée de main et ne me remercie pas !*

Ton meilleur ami, le corbeau »

Putain de merde ! Vous auriez vu ma tronche à la fin de son foutu message ! J'savais même plus où j'habitais. J'étais complètement désorienté et dans un sale état de nerfs. Vous voyez un peu l'truc ? Ces moments où d'un coup, d'un seul, tu te prends un violent coup en pleine gueule. Un choc brutal à t'en couper la bite et tu restes là, planté comme un couillon, sans vraiment savoir quoi faire. Voilà, c'était moi ! J'étais en ébullition, pire qu'un volcan en éruption. J'pouvais même sentir le sang crépiter dans mes veines. C'est vous dire si j'étais furieux ! J'aurais pu trancher la gorge à ce salopard, s'il avait été face à moi.

Évidemment, j'ai bien essayé de rappeler le numéro de cet enfoiré, mais sans surprise, la tafiole n'a jamais voulu décrocher. Il rejetait sans cesse tous mes appels et ça m'rendait complètement dingue, au point que j'étais pas loin d'éclater mon téléphone par terre. Avec sa messagerie j'étais pas plus avancé sur son identité, il n'y avait rien, juste un misérable bip. À tous les coups, cette enflure avait dû se servir d'une carte sim prépayée, comme on en trouve dans tous les markets.

La tête entre mes mains, j'avais alors essayé de calmer les maudits battements de mes tempes, à deux doigts d'exploser dans mon crâne. Mon corps tout entier frissonnait de colère, mais aussi de dégoût. J'avais mal, très mal. Et dans ma poitrine, mon cœur s'était tellement serré qu'il m'en avait filé la gerbe. Comment ce sale type, ce corbeau, en connaissait-il si long sur moi, sur mes échecs sexuels des mois passés ? Là, tout un tas de monstrueuses images m'avait alors traversé l'esprit. J'avais eu envie de dégueuler en imaginant ma femme sucer cette larve pendant que moi, le soir venu, j'étais là à me languir de la retrouver. J'avais même eu des haut-le-cœur, en me remémorant ces jours passés où, une fois le seuil de la porte franchi, j'avais accouru comme un pédé pour aller l'embrasser à pleine bouche. Beurk !

Autour de la petite table basse, je ne m'étais plus arrêté de tourner en rond, comme un lion en cage, avec d'amères remontées acides. J'imaginais le foutre de cette ordure encore collé sur la langue de Carla quand la mienne s'introduisait amoureusement dans sa bouche. « SALE CHIENNE ! » avais-je alors brusquement hurlé, juste avant que l'ambulancier ne sonne à l'interphone...

— Monsieur Smith, c'est Mika, d'Ambulance Kensington. Vous êtes prêt ?

Le doigt sur l'appareil, j'avais très envie de lui dire de me foutre la paix et d'aller se taper une branlette dans son fourgon médicalisé. Je savais que ce sale con de bonhomme zieutait ma femme dans mon dos. Surtout au début, lorsqu'il montait me chercher dans l'appartement pour m'emmener à mes séances de kiné.

La première fois qu'il l'avait vu dans son peignoir de bain, cet abruti, la quarantaine passée, était si excité par sa beauté qu'il en avait bégayé en allant même jusqu'à confondre mon nom avec celui d'un autre patient. Planté juste devant la porte d'entrée, le mec avait pris une posture de beau gosse en bombant son torse musclé. Depuis la chambre à coucher, je l'observais, lui et son avide regard, dévorer les hanches de ma femme. Je savais que ce n'était pas le seul. Il y avait aussi le facteur ou encore le gars qui relevait les compteurs électriques. Bref, tous reluquaient ma femme, les yeux remplis d'obscènes fantasmes. Au début de notre relation, ça m'amusait beaucoup. J'étais même très flatté qu'au restaurant, elle fasse tourner la tête de tous ces mâles en rut attablés avec leurs laiderons. Intérieurement, je jubilais en pensant à ces minables qui, à peine rentrés chez eux, devaient probablement troncher leurs bonnes femmes en fermant les yeux pour mieux s'imaginer la mienne au bout de leur saleté de bite.

— Je vais chercher Ezekiel, avait-elle dit poliment en déposant son café sur notre petite table du salon.

— Prenez tout votre temps. J'suis pas du tout pressé ! lui avait-il répondu en changeant de jambe comme appui. C'est que dans son ben, son bâton de berger devait fichtrement le gêner.

L'ordure ! J'voyais bien ses p'tits yeux marron détailler la silhouette de Carla. Quant à elle, je savais qu'elle n'était pas indifférente à l'imposante carrure de notre visiteur. Ma femme était même très flattée d'être le centre de son attention. Et plus elle lui souriait, plus ce connard au bouc grisonnant et taillé en une belle mâchoire carrée exhibait fièrement ses piercings et tatouages. Mais lorsque pour la première fois, ce flan avait croisé mon sombre regard, il n'avait pas attendu une invitation pour vite baisser le sien sur ses pompes.

Par la suite, quand Mika a découvert que j'étais flic et aussi armé, il s'est vite ravisé et n'a plus jamais regardé Carla avec la même envie. En tout cas plus devant moi. Le p'tit vicieux se tenait bien à l'écart et n'a plus eu aucun geste déplacé.

À la longue, il s'était même montré hyper serviable et très respectueux. C'est fou c'qu'on arrive à faire avec un flingue ! Si je ne l'avais pas surpris à baiser ma brunette du regard, on aurait certainement pu devenir de très bons potes, car dans l'fond, Mika était très sympa. Bref, on s'en tape les couilles ! En attendant, moi, j'étais un flic cocu et le doigt sur l'interphone, j'étais là, à me bouffer l'sang, pendant que ma femme, la reine des putes, se pavanait en minirobe ultra moulante au travail. D'ailleurs, y était-elle vraiment ? J'en savais foutre rien et dans ma tête j'arrivais plus à me défaire de cette maudite suspicion qui commençait déjà à gangréner mon esprit. Le cœur serré, j'avais malgré moi laissé mon cerveau s'encrasser avec d'horribles images de ma bienaimée à quatre pattes, se faisant sauvagement déboîter par d'autres sales types. J'aurais bien voulu la confronter le soir même avec un interrogatoire musclé, comme on a l'habitude de le faire au commissariat avec tous ces sacs à merde. Mais ça n'aurait servi à rien, car en réalité, j'avais pas grand-chose. Juste un message à deux balles d'un type qui se faisait appeler « le corbeau » et qui prouvait que dalle ! C'était bien trop maigre pour la mettre à table et lui faire avouer sa double vie de chienne affamée et du nombre de queues qu'elle s'était peut-être enfilée. C'est pas l'envie qui m'manquait de lui faire bouffer ses mensonges par tous les trous. Mais avec cette preuve ridicule, elle m'aurait ri au nez et sans aucun effort, Carla aurait fait passer ce type, le corbeau pour un misérable rageux. Peut-être même qu'elle aurait été jusqu'à pointer du doigt l'un de ses collègues de travail, à qui elle se serait confiée au cours d'un de ses mauvais jours. Alors à ma place, qui auriez-vous cru ? Ma femme ou bien ce mec avec le courage d'une pédale encore puceau et qui avait certainement dû chier dans son froc en rejetant tous mes appels ?

Une chose était sûre, il me fallait des preuves et pour le coup, mon expérience de flic allait bien me servir pour mener à bien ma p'tite enquête.

— Monsieur Smith ? Ezekiel, tout va bien ? Vous
avez besoin d'aide ? s'inquiétait Mika en bas
de l'immeuble.

Oh oui mon grand, j'ai besoin d'un sacré coup d'main et c'est toi qui vas m'le filer !

— Non. Fait chauffer le moteur, j'descends ! lui
avais-je alors répondu, impatient de lancer les
hostilités.

Quoiqu'il m'en coûte, j'étais prêt à tâter le terrain et découvrir la vérité ! C'était l'enquête la plus importante de toute ma chienne de vie, mais aussi, la plus dégueulasse. Mais ça, je l'ignorais encore...

CHAPITRE 4

Quand le doute s'installe...

Dans l'ascenseur, je n'pensais plus qu'à elle. J'étais devenu comme obsédé à la seule idée de la surprendre en flagrant délit d'adultère et de lui faire bouffer ses écarts sexuels. Faut dire que mon égo en avait pris un sale coup et mon cœur lui, était encore en sursis. Si j'm'étais écouté, j'l'aurais confronté direct sur son lieu de travail. Sa pote Audrey aurait forcément essayé de me calmer, juste pour éviter le scandale, mauvais pour l'image de marque de la clinique. C'est qu'elle avait des billes dans cette boîte et cette belle salope, roulée elle aussi comme une diablesse, veillait bien plus sur son gagne-pain que sur les doigts inconnus qui pouvaient s'introduire dans son propre string. Elle avait peut-être un cul à vous faire tourner la tête, mais croyez-moi, elle vous aurait arraché la bite avec ses dents, si vous faisiez du tort à sa foutue clinique dentaire. Perso, à l'instant T, j'en avais strictement rien à branler, même de son guignol de patron. Celui-là avec ses soixante-sept kilos tout mouillés, ses phalanges fines comme des aiguilles et sa démarche de pédale... je savais qu'il lorgnait bien plus mon cul que celui de ma femme. D'un côté, j'm'en plaignais pas, car au final, j'ai jamais eu à m'en soucier.

Après des semaines d'inaction, mon instinct de flic était revenu au galop et dans ma tête, je commençais déjà à éliminer les potentiels suspects. Gay comme un phoque, son boss Patrick était inoffensif et ne pouvait donc pas être ce maudit corbeau. Ça, c'était une certitude. En apercevant Mika prostré devant son ambulance, j'me d'mandais comment j'allais bien pouvoir convaincre ce grand dadais de faire un détour à la clinique sur Kensington Square, là où ma pouffe de femme était censée se trouver. Mais après avoir reçu ce satané message, je n'étais plus vraiment sûr de rien.

— Tout va bien ? Vous avez mis un temps fou à descendre.

— Oui, je vais bien, lui avais-je sèchement répondu.

Je n'avais pas trop envie de me lancer dans une discussion à la mords-moi-le-nœud avec ce nigaud d'ambulancier. J'étais bien trop préoccupé par les éventuelles activités secrètes de Carla.

En réalité, je ne savais plus trop quoi penser d'elle… Je l'aimais tellement qu'inconsciemment, mon esprit refusait encore de croire à toutes ces saloperies. En montant dans l'ambulance, j'arrêtais plus d'me questionner et dans ma tête, j'me repassais le message en boucle en m'disant que ce sale type était un peu trop bien renseigné sur ma vie. J'étais convaincu que la langue de cette pute avait dû fourcher bien plus d'une fois et qu'elle avait dû sacrément me salir, en me faisant passer pour le roi des manchots au pieu. En y songeant, je n'avais pas pu m'empêcher de grogner en tapant fort du poing sur le tableau d'bord de la vieille carcasse d'ambulance.

> — Ça va pas Monsieur Smith ? Vous avez mal quelque part ?

J'réfléchissais à un truc, n'importe quoi, pour le faire changer de direction. Ces fichus doutes commençaient sérieusement à me rendre dingue. Il fallait que j'aille voir si la voiture de ma femme était bien stationnée à sa place de parking habituelle.

> — Ezekiel ? C'est votre jambe ? On peut faire une halte si vous voulez, histoire de la détendre un peu.

Je ne l'regardais même pas. Les yeux rivés sur la route, j'me creusais la tête en voyant le carrefour approcher. Soit il filait tout droit et je resterais là à me pourrir l'esprit, soit j'arrivais à le faire tourner à droite…

> — Vous pouvez me rendre un p'tit service ?

> — Bien sûr !

> — Tournez à droite et ne posez pas d'questions !

J'étais surpris qu'il s'exécute en moins de deux.

— On part en filature, Monsieur Smith ?

M'avait-il interrogé, l'œil brillant et avec une certaine excitation dans la voix.

— J'ai dit pas d'question !

Quel couillon ! Le mec se croyait dans une série B, plongé dans une course-poursuite à la « *Starsky et Hutch* ». Trou du cul ! Mais quand même, rien qu'en le regardant, j'avais bien dû reconnaitre que mon job me manquait et mon collègue Liam encore plus. Je n'avais plus que deux petites semaines avant de le retrouver lui et l'odeur merdique du café de notre bon vieux commissariat...

— Au feu à gauche. Puis tout droit.

— D'accord ! m'avait-il répondu, excité plus que jamais.

J'étais pas loin de lui foutre mon poing dans la gueule pour lui passer l'envie de sourire comme un idiot. Mais, j'avais pas eu besoin de passer à l'acte, car bizarrement, au fur et à mesure que nous approchions de la clinique, Mika semblait de plus en plus s'interroger sur notre destination finale. J'étais même surpris de ne plus l'entendre, comme si le type avait bouffé sa langue. Nous n'étions plus très loin de la clinique qu'on apercevait sur notre gauche et les mains crispées sur le volant, ce crétin, terminé à la pisse paraissait attendre les ordres. En même temps, y'avait ce truc qui me chiffonnait, mais impossible de dire quoi. Je voyais déjà sa main remonter sur le volant et se préparer à tourner avant même que je ne le lui dise. J'sais pas pour vous, mais pour un flic comme moi, son action était loin d'être anodine. Soit j'devenais fou, soit ce mec avait dû se taper ma femme, car il paraissait reconnaître son lieu de travail.

— À gauche et garez-vous là !

— Bien monsieur.

Même sa voix avait changé. Il restait là, les yeux baissés, à faire semblant de chercher quelque chose dans la boîte à gants. J'aurais pu m'attarder sur son étrange comportement, mais à l'instant présent, j'étais bien plus curieux de savoir où était ma femme.

— Attends-moi là, je reviens.

— Oui, monsieur Smith.

En fermant la porte de l'ambulance, j'me disais que j'allais sûrement devoir le passer lui aussi aux rayons

X. Mais ça, j'me l'étais réservé pour plus tard. Sur le coup, je m'apprêtais à entrer dans la clinique et rendre une petite visite improvisée à ma petite femme chérie...

Elle était là, à quelques mètres de moi et avec son petit perfecto sur les épaules, elle s'apprêtait à partir déjeuner en compagnie d'Audrey. À cet instant, je bouillonnais d'envie de lui montrer le message en la forçant à s'expliquer. Mais mon job m'avait appris que l'avantage d'être intelligent, c'est qu'on peut toujours faire l'imbécile, l'inverse a toujours été clairement impossible ! Alors, pour mener cette enquête, la plus importante de toute ma vie, je devais donc ruser et faire l'ignare total. La vache, c'que ça avait été dur de rester en place, lorsqu'elle s'était jetée dans mes bras pour m'embrasser. Un tantinet écœuré, j'imaginais ses lèvres souillées et en même temps, ça peut paraître complétement idiot, mais par son doux baiser, Carla rassurait mon cœur affolé. J'avoue que devant son enthousiasme, j'étais complètement perdu. Elle semblait vraiment amoureuse et heureuse de me voir...

— Toujours les mêmes qui ont d'la chance !
Veinarde ! plaisantait sa pote Audrey.

— Salut Aude ! Alors toujours célibataire ?

— Hélas oui ! À moins que tu aies un jumeau
caché, mon cher Ezekiel.

— Euh... y'en a qu'un et il est à moi. Désolée,
copine ! lui avait répondu Carla en me serrant
fort dans ses bras.

Franchement, elle n'avait pas du tout l'air d'une nana
à s'enfiler des bites comme un collier de perles. Soit
elle était passée pro dans l'imposture, soit ce maudit
corbeau n'était qu'un putain de menteur...

— Très bien Madame Carla ! Ça vous coûtera le
déjeuner, avait alors ironisé Audrey.

— Tant que j'garde le plat de résistance pour moi,
ça m'va ! D'ailleurs qu'est-ce que tu fais là ?
Tu n'avais pas ta séance de kiné à midi ?

J'suis juste venu voir si t'étais bien en train de bosser,
mais ça, bien évidemment, t'en sauras rien.

— Oh euh, Mika l'ambulancier avait un truc à faire dans l'coin et j'en ai profité pour venir t'embrasser ma chérie.

— Que c'est beau l'amour ! J'veux l'même pour la Saint-Valentin. Putain, c'est où qu'on passe commande ? Murmurait sa pote sur un ton à la fois sarcastique et désespéré.

— Tu finiras bien par rencontrer TON Ezekiel ! lui avait répondu Carla. Allez, pour te consoler, j'te laisse choisir le resto, ma belle.

En tout cas, ça amusait bien ma jolie princesse, qui souriait fièrement d'être l'élue de mon cœur. Perchée sur ses bottines à talons aiguilles, ma sulfureuse brune, à peine vêtue de sa minirobe moulante bleue électrique, balayait du regard le hall d'entrée. La meuf ne se privait pas d'exhiber dignement son mari aux yeux de ses collègues, dont Claudine, sa supérieure hiérarchique, qui était aussi sur le départ pour aller déjeuner. Cette nana m'a toujours interpellé et si j'avais été célibataire, j'me la serais bien tapée, comme ça, juste par curiosité. La quarantaine, elle affichait fièrement sa boule à zéro. De beaux yeux bleus, mais un fichu regard à la « Rambo » que t'avais pas vraiment envie de soutenir. Malgré son côté « garce inaccessible », tu pouvais pas t'empêcher de zieuter discrètement son alléchante silhouette cachée dans un tailleur toujours haut de gamme. Bref, vous voyez un peu l'genre de nanas ? Ce type de filles sur lesquelles tu bandes sans jamais oser t'approcher de peur de t'prendre un râteau mémorable. C'était Claudine. Elle paraissait si froide, mais son mec, Gregory, un chouette type qui avait réussi dans l'immobilier a toujours eu l'air comblé à ses côtés. J'ai toujours été convaincu que la coquine devait sûrement brûler les draps en toute intimité. Quand elle s'était approchée pour nous saluer, ma femme m'avait surpris en laissant sa main glisser sur mon fessier. C'était comme si elle avait cherché à marquer son territoire. Pourtant, aussi loin que j'me rappelle, Claudine ne m'avait jamais fait les yeux doux, contrairement à sa pote, Audrey.

Elle, c'était une belle salope et une sacrée cachotière ! Mais ça, je l'ai découvert bien plus tard aussi...

CHAPITRE 5

Loup y es-tu ?

En remontant dans l'ambulance j'aurais dû être content, mais voilà, ce gros enculé de corbeau avait réussi à foutre un bordel pas possible dans ma tête. Cette fois, Carla était bien à son travail. En plus, elle avait été ravie de me voir débarquer à l'improviste et s'était même fait un malin plaisir à tâter mon boule en public. Mais quand était-il d'hier, avant-hier ou encore la semaine dernière ? Ma femme était-elle vraiment à son poste ? Honnêtement, j'savais plus trop quoi penser et après cette tentative, j'étais toujours au même point avec un cerveau encrassé par d'horribles doutes. D'un côté, j'avais c'foutu message d'un sale type et de l'autre, rien qui prouvait ces racontars.

— Allons-nous-en Mika.

— Bien monsieur Smith.

J'avais aucune envie de parler et heureusement que ce nigaud d'ambulancier avait gardé le silence tout le long du trajet, jusqu'à l'hôpital. Sur le chemin, j'pouvais pas m'empêcher de l'détailler et plus je le regardais, plus j'me disais que j'devais être sacrément barré dans ma tête pour oser soupçonner Carla d'me tromper avec une face de pet pareille. Fallait vraiment que j'arrête de « *psychoter* ». Cette phrase, jusqu'au retour de ma p'tite femme en fin de journée, j'me l'étais passée en boucle dans mon crâne.

En la regardant préparer ses fringues pour son cours de yoga hebdomadaire, les doutes étaient revenus au galop. Son air innocent me rendait nerveux au point que j'avais fini par me convaincre que la garce allait retrouver son amant. Ses jolis sourires, ses phrases toutes faites, ou encore ses tendres baisers n'y changeaient rien. Je saurai pas vous l'expliquer, mais quelque chose me disait de ne surtout pas lâcher l'affaire.

— Je t'ai laissé une cuisse de poulet dans le frigo. Ne m'attends pas pour dîner, je risque de tarder, comme d'habitude, m'avait-elle tout naturellement balancé.

— Ah bon ! Pourquoi ça ?

Surprise par ma réaction, elle s'était alors retournée.

— Mais enfin, qu'est-ce qui t'prend ? T'as pas arrêté d'me suivre depuis que je suis revenue du boulot. T'observes tout c'que j'fais. Je rentre toujours vers vingt-trois heures, tu le sais pourtant ! Alors, c'est quoi ton problème ? S'énervait-elle en refermant son sac de sport sur le lit.

Rien ! Juste un mec qui me dit que j'suis cocu !

— T'as raison. J'suis désolé.

À force d'espionner ses moindres faits et gestes, j'allais bêtement me faire griller. Alors, pour ne pas éveiller davantage ses soupçons, je m'étais un peu éloigné dans le salon. C'est là que son portable avait sonné...

— Non, je suis désolée. Pas ce soir Audrey, j'ai
mon cours de yoga. On ira boire un verre une
autre fois.

L'oreille collée au mur qui séparait la chambre du
salon, je l'écoutais refouler son amie pour une soirée
arrosée entre filles.

— Bah vers vingt-trois heures, comme d'hab !
Qu'est-ce que vous avez tous ce soir à me
poser cette question ?

Elle semblait de plus en plus à fleur de peau et me
rendait de plus en plus suspicieux. Puis, tout à coup...

— Je sais ! Vous m'préparez une surprise pour
mon anniversaireeeee !!!

Je l'entendais rire, comme si elle n'avait jamais rien
eu à se reprocher. J'vous jure, y avait un contraste de
malade entre son comportement de femme amoureuse
et cette réputation qu'elle s'était bâtie à son insu. Sur
le coup, je n'savais pas trop comment réagir, mais je
devais rester discret sur mes suspicions au risque de
tout faire capoter. Alors, juste avant qu'elle ne s'en
aille, je lui avais rendu son sourire.

Une fois la porte refermée, je m'étais rapidement jeté sur mon portable...

— Liam, mon pote ! Ramène ta fraise, tout de suite !

— Qu'est-ce qui s'passe mec ?

— J'ai besoin que tu me conduises quelque part.

Le pauvre avait bien essayé d'engager la conversation pour en savoir davantage, mais le temps m'était compté, il fallait agir vite.

J'étais assez surpris de voir mon fidèle ami débarquer en seulement quinze minutes, car il n'habitait pas la porte à côté.

À peine monté dans la voiture, j'avais eu droit à un interrogatoire en bon et due forme.

— Bordel Zacki ! C'est quoi tous ces mystères ? On va où d'abord ?

— Espionner ma femme !

— Qu'est-ce... T'as perdu la boule ou quoi ?

Pendant qu'il roulait en direction de la salle de sport, j'avais pris mon portable pour lui lire le message reçu, plus tôt dans la journée.

— Qu'est-ce que c'est qu'ce bordel ? Qui c'est ça le corbeau ?

— J'en sais foutre rien !

Quelques mètres avant d'arriver sur le parking, il avait composé le numéro d'Aurélia, une autre collègue, un peu déjantée avec des formes très pulpeuses, rien à voir avec la taille de guêpe de cette poupée, vous savez... la Barbie. Mais franchement, j'avoue qu'avec ses énormes seins, j'aurais pas dit non à une bonne branlette espagnole. Je savais qu'elle en pinçait pour Liam. D'ailleurs, le salopiaud se l'était tapée dans les chiottes du commissariat, le soir du pot de départ en retraite de Kévin, un de nos meilleurs flic. Je savais aussi qu'il l'avait soulevée deux ou trois fois encore, mais apparemment, ça s'était arrêté là. Il était passé à autre chose, mais Aurélia, elle, continuait d'espérer. Cette nana lui mangeait carrément dans la main et n'aspirait plus qu'à devenir madame Liam Cunningham. La pauvre rêvait les yeux ouverts, car mon meilleur pote n'était vraiment pas prêt à se laisser passer la corde au cou. Pour lui, une femme c'était juste un paquet d'emmerdes et en voyant le résultat avec la mienne, j'commençais sérieusement à penser qu'il avait peut-être raison.

— File-moi le numéro de c'type, le corbeau.

J'lui avais donné, mais dans l'fond, j'savais que ça servait pas à grand-chose. Ce type fuyait tous mes appels et j'étais certain qu'il utilisait une carte sim prépayée, c'est courant chez les lâches !

Sans se douter qu'elle était sur haut-parleur, la pauvre Aurélia s'était presque ridiculisée en lui pondant un caca nerveux à l'autre bout du fil.

— J'espère que t'appelles pour t'excuser ! T'es sérieux de m'laisser en plan comme ça ?

J'étais surpris d'apprendre qu'en réalité, ce p'tit saligaud continuait encore de la sauter. C'est qu'il cachait bien son jeu et franchement, face à sa tronche de constipé pris sur le fait, j'avais pas pu m'empêcher de rire.

— Ma chérie, j'ai...

— Ma chérie ? Tu t'fous d'ma gueule en plus ? Liam Cunningham, la prochaine fois, compte pas sur moi pour t'vider les couilles !

Elle était si en colère, d'avoir essuyé encore un plan

foireux de mon pote, que la blondasse ne s'arrêtait plus de brailler. Si bien que pour la faire taire, j'avais dû prendre la parole.

— Salut Aurélia !

— Ezekiel ? C'est toi ?

— C'est c'que j'essaie de te dire. Il m'a demandé de l'aide et là, on a besoin de toi. Dis-moi que t'es au poste...

— J'y arrive dans quelques minutes vu qu'un connard m'a laissée tomber comme une vieille chaussette. Bon... qu'est-ce qui se passe ?

Après m'avoir entendu, elle semblait un peu plus sereine et à l'écoute. Je les avais laissés poursuivre et sans grande conviction, j'entendais Liam lui communiquer le numéro de téléphone du corbeau pour que de son côté, elle fasse des recherches depuis notre centrale.

Une fois la conversation terminée, c'est à peine si mon pote osait me regarder et ça m'faisait bien marrer de le voir si embarrassé.

— Alors, petit cachotier... C'est pour quand le mariage ?

— Oh arrête tes conneries ! C'est juste pour passer l'temps. Bon... on y est ! J'me gare où ?

J'lui avais désigné une place à l'endroit le plus sombre du parking et je m'apprêtais à descendre, quand il m'avait brusquement agrippé le bras.

— Tu vas où bordel ? M'avait-il lancé, totalement affolé.

— Faire du surf ! T'es con ou quoi ? J'vais voir si ma femme est bien à son cours de yoga !

— Non c'est toi le couillon ! Elle risque de te reconnaître à travers la vitre de la salle.

Putain ! Heureusement qu'il était là pour penser à tout. En même temps, j'étais pas vraiment surpris. Depuis qu'on était gosse, ce mec a toujours été le cerveau, dans notre binôme. Il m'avait sauvé la mise plus d'une fois et continuait encore de le faire.

— Tiens ! Mets ça, au moins, tu passeras inaperçu.

— Merci mec !

En ajustant la casquette qu'il m'avait prêté, je zieutais rapidement le parking en espérant y voir la voiture de

Carla, mais rien. Je rageais en songeant que, soit elle était garée plus loin, soit elle s'était foutue de ma gueule. Aux abords de la grande vitrine, je commençais à apercevoir ses copines allongées sur leurs tapis et sans relâche, je cherchais la silhouette de ma femme. Quand tout à coup, une main m'avait fait sursauter en me tapotant l'épaule...

— Zacki ! Alors, t'as trouvé Carla ?

— Ouais. Regarde, dans l'fond, c'est elle.

— Bon, t'as vu c'que tu voulais voir. Viens, on s'casse !

J'avais hésité un moment avant de repartir, mais à part la regarder lever puis baisser sa jambe ou ses bras, j'avais plus rien à foutre ici.

En rebroussant chemin, Liam rigolait. Il ne s'était plus arrêté de rire aux éclats, même après avoir mis le contact.

— Putain ! Tu trouves ça drôle ?

— Désolé Zacki, mais t'est vraiment un trou du cul ! Tu reçois le message d'un vieux mec et tu plonges comme un débutant. Aurélia m'a rappelé, ton gars, le corbeau c'est juste un bouseux, un jaloux. Le numéro c'est un prépayé. Après t'étonnes pas d'attiser la haine, t'as épousé une reine de beauté ! N'importe qui tuerait père et mère pour être à ta place !

Dans l'fond, il avait raison, et après cette ultime tentative de la surprendre en flagrant délit, j'devais me rendre à l'évidence... Carla n'avait rien à se reprocher. Elle était clean. Du moins, j'en étais de plus en plus persuadé...

CHAPITRE 6

Dis-moi qui tu fréquentes, je te dirai qui tu es !

Sur le trajet du retour, Liam ne s'arrêtait plus de se foutre de ma gueule et lorsqu'il s'était garé en bas de mon immeuble, j'étais presque heureux de me débarrasser de lui et de ses vannes toutes pourries.

— Allez, bonne bourre avec Carla ! Couac couac, croassait-il comme un maudit corbeau.

Lui riait aux larmes quand moi, j'me sentais de plus en plus ridicule de m'être fait piéger comme un bleu avec un simple message anonyme.

— Fais pas cette tête Zacki ! Le principal c'est que ta femme soit fidèle, le reste fuck. Va te faire couler un bronze et prends-toi une bonne douche, ça t'fera du bien mec !

— Merci pour tout Liam.

— À ton service ! Excuse-moi, mais Aurélia m'attend au poste, je suis de garde cette nuit. J'espère juste qu'elle est encore chaude sous le capot ! D'ailleurs, tu reprends quand toi ?

— La semaine prochaine.

Il avait souri, heureux de me voir rejoindre les rangs et retrouver son collègue préféré.

— Putain, c'est pas trop tôt ! Si tu savais comme j'me fais chier sans toi... Bon c'est pas tout mais j'dois vraiment y aller. À plus mon poto et rends-moi service, oublie ce connard de corbeau !

— Promis, lui avais-je répondu en lui tapant fraternellement dans la main.

De retour dans l'appartement, j'me sentais

honteux de mon comportement et j'avais eu ce besoin presque vital de vite passer à autre chose. Sur les conseils de Liam je m'étais alors fait couler un bon bain chaud, histoire de décompresser un peu et d'oublier cette maudite journée.

Quelques minutes plus tard, enveloppé dans une eau savonneuse proche des trente-sept degrés, j'me laissais partir dans un doux sommeil. La tête complètement vidée, je ne pensais plus à rien et putain ça m'faisait un bien fou. Seul, je savourais ce moment de quiétude, jusqu'à c'que...

— Humm ! Ça c'est un mec, un vrai !

— Mais... bordel de merde ! Audrey ! Qu'est-ce que tu fous là ? Comment t'es rentrée ?

Vous l'auriez vu, même un clodo tenait mieux sur ses guiboles que cette folle à lier, affamée de cul. C'était limite si elle me fichait pas la frousse à se lécher les babines en essayant de regarder à travers les bubules de mon bain. Sans gêne, elle avait même commencé à se passer la main sous sa minijupe et à se caresser le minou.

— C'est un crime de t'laisser tout seul dans l'eau, mon chou !

— Putain mais t'as bu ?

— Pas une goutte. Par contre, j'ai bien envie que tu m'arroses de ton jus !

Franchement, elle en devenait risible avec sa flasque de whisky au trois quarts vidée qu'elle n'arrivait même pas à cacher dans son dos. Ivre comme un pot, elle faisait flipper et j'avais dû vite sortir de mon bain avant que la chienne y plonge.

— Waouh ! Quelle belle paire de couilles. Et cette queue ! Hum... Aller, viens voir maman... disait la folle en approchant.

Elle titubait tellement que j'avais eu peur qu'elle finisse par se fracasser le crâne contre la vasque du lavabo. Alors, en gentleman, enfin, plus en ami, je m'étais à mon tour approché, mais juste pour la soutenir et la ramener à la porte de chez moi.

— Humm, ces muscles ! Mamamia Ezekiel, j'suis déjà toute trempée. Ça va rentrer comme dans du beurre… Ouchh !

J'étais hyper gêné de sentir ses mains se balader sur

tout mon corps. Mais j'étais surtout dégouté par son odeur fétide, la jolie blonde, au maquillage dégoulinant sur sa face, puait l'alcool à plein nez.

— Putain tu fais chier Audrey ! Qu'est-ce que t'es venue foutre ici ? Carla n'est pas là et tu l'sais !

— Justement, elle t'a laissé tomber et moi j'suis là... Alors, toi fais pas chier et profites-en ! Promis, elle en saura rien !

— Lâche mes boules ! Merde, t'as perdu la tête ou quoi ?

— Oh ça va, fais pas ton radin quoi !

Elle était si beurrée que j'savais plus trop comment la maintenir sans me prendre une main au cul. Puis, arrivée dans le salon, la jolie blonde défraichie s'était alors brusquement jetée sur le canapé. Complètement pétée, Audrey avait balancé ses talons aiguilles en un mouvement de jambes totalement absurde. Un truc pas du tout glamour ! Et comme un idiot, je m'étais alors tourné pour ramasser ses escarpins et pour les lui remettre. Mais entre nous, j'aurai pas dû... à la seconde où je m'étais baissé, elle m'avait sauté dessus pour me plaquer au sol. C'était limite une prise de catch. Franchement, vous marrez pas, mais avec une hyène sur le dos et nu comme un ver, le torse encore humide du bain, je glissais comme un phoque sur le plancher. Bref, j'avais quand même réussi à me retourner et à califourchon sur moi, l'autre cinglée ne voulait pas lâcher prise.

— Oh, Ezekiel ! Je sais que t'en meurs d'envie. Allez, détends-toi, chacun son tour !

— T'es complètement folle ! Et Carla ? T'y penses ? Merde ! C'est ta meilleure amie, bordel ! Écoute, j'veux pas te faire de mal. Pousse-toi Audrey !

C'était comme si j'pissais dans un violon. La jolie blonde enflammée n'écoutait rien et suavement, elle s'était alors laissée glisser pile sur mon entrejambe. Très vite en sentant la moiteur de sa douce chatte envelopper ma queue, j'avais rougi. Audrey ne portait rien, pas même un minuscule string. Outrageusement excitée, elle ne s'était pas fait prier non plus pour retirer son petit pull-over noir à col roulé et, pris de court, j'étais resté scotché sur sa paire de nibards qui ballotait.

> — Hum, avoue que t'en a jamais vu d'aussi beaux ! Bouffe-les-moi Zacki ! Baise-moi, j'ai trop envie !

J'avoue qu'elle était archi tentante ! Son bonnet E succulemment soutenu et sa jolie peau de porcelaine, sublimée de quelques grains de beauté ne me laissaient pas indifférent. La salope n'avait pas attendu mon consentement pour se balancer avidement d'avant en arrière sur ma queue et malgré moi, la chienne en chaleur commençait à me faire durcir.

> — Hum ! Oui c'est bon. Encore mon Zacki.

J'savais pas trop quoi faire pour m'en débarrasser et j'vais pas vous mentir, mais quand je la regardais se caresser le bout des seins en remuant du bassin comme une anguille, une part de moi n'avait pas du tout envie qu'elle s'arrête. Audrey m'offrait là un tableau scandaleusement excitant. D'un côté, j'avais ce fichu désir de la démonter sauvagement et de l'autre, je pensais à Carla, ma petite femme chérie à son cours de yoga.

— Tu la mets dans ma chatte ou tu veux une carte routière pour trouver le chemin ? Baise-moi bordel !

Putain, c'était dur de lui résister, la vipère avait le sang chaud et elle savait s'y prendre pour me monter en l'air. Mais l'amour pour ma femme était plus fort encore.

— STOP ! Dégage de là !

Là, sans que j'm'y attende, Audrey m'avait foutu une sacrée gifle en pleine face. Vexée, elle avait eu cette gueule mauvaise, le genre de tronche que t'as pas trop envie de chercher.

— Pauvre con ! T'as laissé passer une occase inespérée ! Crois-moi, tu l'regretteras !

Elle s'était relevée en prenant minablement appui sur la table basse. C'est qu'elle en tenait une bien bonne ! L'instant suivant, en la regardant fouiller dans son sac pour sortir les clefs de sa bagnole, je m'étais affolé. Audrey était dans un état pire que pitoyable et ça aurait été un crime de la laisser conduire pour rentrer chez elle.

— Assieds-toi ! lui avais-je alors ordonné en la poussant sur l'assise du canapé.

— Humm ! Enfin ! T'as changé d'avis beau brun ? Oh oui, frappe-moi ! Ça me fait jouir !

Elle était repartie dans son délire. Cuisses écartées elle ne s'arrêtait plus de se caresser en mordillant ses lèvres.

— Bouge pas d'ici. J'reviens.

— Ce p'tit côté autoritaire... humm j'aime ça ! Promis mon chou, je t'attends sagement, disait-elle titillant son clito du bout de ses doigts.

La chatte à l'air, je la voyais pincer son petit bout rose pour le malaxer sensuellement. Avec ma demi-molle, j'me faisais violence pour ne pas succomber à l'appel de ses féroces gémissements. Les jambes relevées de chaque côté, Audrey était pire que bandante, un sacré morceau de viande que t'as juste envie de déchiqueter à pleine dent ! Ah, j'vous l'dis, ce soir-là, j'avais clairement été un Saint d'avoir réussi à lui résister.

Le temps d'enfiler quelque chose, j'en avais profité pour appeler Mika, l'ambulancier, pour qu'il vienne à mon secours. Le bougre n'avait hésité une demi-seconde. Tu parles, il connaissait Audrey pour l'avoir déjà croisée chez moi. En plus, le fait de savoir qu'en plus elle était ivre, pour ce gros pervers, c'était vraiment une occase en or à ne surtout pas manquer. J'me disais que finalement, chacun y trouverait son compte. Mika la ramènerait chez elle saine et sauve et au passage, il prendrait sûrement son pied à éteindre le brasier entre les cuisses de la chaudasse. Quant à moi, j'en serai enfin débarrassée.

Lorsqu'elle m'a vu revenir habillé d'un bas de jogging, elle s'était arrêtée net de frotter son minou.

— C'est une blague ! Tu comptes me baiser comment avec ta laine sur la bite ?

— Y'aura jamais rien entre nous Audrey ! Et j'comprends même pas comment tu peux oser y penser ! Merde t'es la meilleure amie de ma femme, bordel !

— Ta femme... mort de rire !

— T'es complètement soûle. Quelqu'un va te ramener chez toi.

Enragée d'être une nouvelle fois recalée, elle m'avait

balancé la télécommande en pleine tronche. Heureusement, bourrée comme un coing, la connasse m'avait loupé.

— Tu vas t'en mordre les doigts ! Imbécile ! Impuissant ! Trou du cul ! Looser !

Entre ses insultes et ses crises de nerfs, ça avait été dur de patienter jusqu'à l'arrivée de Mika. Heureusement, il était apparu en très peu de temps. Le pauvre avait tenté une approche amicale en la soulevant doucement du canapé. Mais la vilaine bête lui avait mordu la main.

— Toi le branleur de service, tu m'touches pas !

Dépité, il m'avait regardé, les yeux au bord des larmes. Avec sa tête de « *Calimero* » j'avais pas pu m'empêcher de rire. C'était comme s'il voyait tous ses rêves s'envoler d'un coup et d'un seul.

Un peu plus tard, en le voyant pitoyablement ramer pour porter la pouffe jusqu'à l'entrée, j'avais paniqué en apercevant les clefs de voiture d'Audrey restées sur la table basse. Carla n'allait plus tarder et il ne fallait surtout pas qu'elle tombe nez à nez avec la bagnole de sa meilleure pote, garée en bas du bâtiment. Ça aurait été le drame assuré. Alors, juste avant qu'ils sortent de chez moi, je m'étais jeté dessus pour les remettre à Mika.

> — Prends sa caisse ! Tiens, un peu de fric, tu prendras un taxi pour revenir ici récupérer ton ambulance après.

> — Bien, monsieur Smith.

J'étais heureux qu'il me tire une grosse épine du pied. Ce fois-ci, Mika m'avait rendu une fière chandelle. Mais je n'avais pas pu compter sur cet enfoiré les soirs suivants. Mais ça, je l'ignorais encore...

CHAPITRE 7

Un cadeau de mauvais goût

Après leur départ, l'odeur de l'alcool embaumait encore horriblement la pièce et en approchant mon nez du canapé, j'en avais presque dégueulé. Il me fallait absolument remettre de l'ordre dans l'appartement avant le retour de ma femme. Alors, les fenêtres grandes ouvertes et une bombe désodorisante à la main, je m'étais efforcé d'effacer toutes traces compromettantes de sa pétasse de copine. Je ne pouvais pas m'empêcher de penser que c'était une sacrée chienne celle-là ! Dans la foulée, j'm'étais aussi demandé si ce pervers de Mika avait finalement réussi à tremper son biscuit.

Malgré la demi-heure écoulée, je n'étais pas tout à fait remis du fracassant passage d'Audrey. Carla n'allait plus tarder et franchement, après m'être fait suavement chevaucher par cette espèce de salope, j'avais eu une foutue envie de m'enfoncer entre les cuisses de ma femme. L'attente avait été longue avant de la voir apparaître dans son déshabillé noir et j'étais heureux qu'elle n'ait rien remarqué d'anormal.

— Bonsoir ma chérie.

— Il est tard, tu ne dors pas ?

— Oh non ! Je t'attendais...

À pas feutrés, elle s'était approchée du lit et les mains à plat, tel un félin, Carla avait grimpé en s'avançant à quatre pattes sur les draps. Putain, rien qu'en la voyant s'avancer impudiquement et diablement exposée par le clair de lune qui filtrait par la fenêtre de notre chambre, j'étais déjà en feu. Elle n'avait même pas commencé les préliminaires que je bandais déjà comme un fou.

— Dis donc tu es en forme ce soir, m'avait-elle dit, en saisissant ma queue.

Faut dire que l'opulente poitrine d'Audrey ne m'avait pas tout à fait laissé indifférent et j'avais même eu du mal à décrocher mon esprit de l'image de ses deux grosses planètes, parfaitement alignées.

— Oh oui !

J'avais faim, très faim de Carla et sans même attendre sa permission, je l'avais sauvagement retournée sur le lit. Les fesses en l'air, du bout des doigts, j'm'étais fait plaisir à claquer férocement son joli p'tit cul rebondi.

— Ouchhh ! On dirait que je vais prendre cher ce soir...

— Bordel ! T'as pas idée, ma puce !

— Humm ! J'aime ça quand tu es bestial !

En entendant son souffle heurter l'oreiller, je m'étais redressé derrière elle pour l'empoigner bestialement par les hanches. Là, je l'avais fait languir en coulissant mon gland de haut en bas, le long de sa fente humide. Impatiente de me sentir en elle, ma jolie garce agitait son bassin en suçant effrontément son majeur.

— Oh putain ! Ezekiel... mets-la-moi, tout de suite !

Excitée à l'extrême, elle en devenait foutrement attirante. Vous auriez vu ses deux globes de chair onduler sensuellement sur ma queue... Je n'avais pas pu résister plus longtemps à l'envie de la pénétrer et, d'un coup d'un seul, je m'étais enfoncé en elle. À l'intérieur, c'était pire que bouillant et succulemment mouillé. Emportée par le plaisir, ma jolie diablesse avait crispé ses doigts sur nos draps en poussant d'intenses soupirs. Sa peau puait l'obscénité à plein nez et provoquait farouchement mon côté animal. En sueur, ma belle salope en redemandait encore...

— Putain ouiiii ! Baise-moi fort !

C'était tellement bon de la voir comme ça, la tête enfoncée dans l'oreiller, remuer ses fesses tout contre moi en miaulant sa jouissance. Pour faire durer le plaisir, je m'étais retiré un instant pour lui caresser le minou. Son clito enflammé était si gorgé d'envie que je n'avais pu m'empêcher de le titiller sadiquement. Je la regardais alors avec passion se mordiller les lèvres inférieures au passage de mes douces caresses.

Son cul me faisait outrageusement de l'œil et j'avais eu une envie folle d'y fourrer ma langue.

— Oh bordel ! Oui c'est bon... hann, hurlait-elle en ondulant avidement sur ma bouche.

Cambrée à l'extrême, je la sentais de plus en plus fébrile entre mes mains, comme si elle était sur le point de jouir. Soucieux de l'accompagner dans son ultime orgasme, je m'étais alors redressé pour lui enfoncer ma bite, bien au fond de sa chatte. Là, violemment malmenée, je tapais fort sa chair contre la mienne et les claquements de nos deux corps se mêlaient à ses divins hurlements. En pleine puissance, je m'acharnais à pulvériser sa fente et plus j'étais violent, plus elle aimait ça. Ma garce de femme me suppliait de lui faire mal et l'entendre m'insulter me rendait complètement fou et incontrôlable.

— Plus fort ! Démonte-moi la chatte ! Putain c'est bonnnn...

Face à son corps brûlant de perversité, je ne tenais plus et dans un ultime élan, je m'étais brusquement raidi pour déverser mon sperme chaud tout au fond d'elle.

— Ooohh bordel !

— Humm Zacki chéri, c'est trop bon !

Écroulé sur son corps, je reprenais doucement mon souffle.

> — Ça faisait longtemps que tu ne m'avais pas fait l'amour comme ça, mon cœur. Tu étais très excité ce soir. On dirait que tu reprends du poil de la bête ! soupirait-elle en continuant de lover son joli corps sous le mien.

Pour le coup, je me voyais mal lui avouer que ça pote s'était occupée des préliminaires en son absence et que la salope m'avait sacrément chauffé le gland. Je ne pouvais pas non plus lui dire qu'un sale type qui s'faisait appeler « le corbeau » m'avait fait croire que ma femme était la reine des putes de Kensington. J'men voulais tellement de l'avoir honteusement espionnée toute cette satanée journée. Mais, dans le même temps, j'avais été conforté et surtout soulagé de constater qu'en réalité, elle était définitivement mienne et fidèle. En y pensant, ces deux couillons n'avaient fait que renforcer mes sentiments pour

Carla et cette nuit, j'avais plus qu'envie de lui prouver mon amour inconditionnel.

L'instant suivant, elle m'avait langoureusement embrassé, puis juste avant de sombrer dans un sommeil profond, elle s'était blottie dans mes bras. Apaisé de sentir sa douce respiration sur mon torse nu, je m'étais moi aussi laissé partir dans les bras de morphée.

Au petit matin, elle s'était préparée comme à son habitude pour aller travailler. J'étais heureux de contempler une pareille beauté au point d'avoir tout oublié de la journée passée. Jusqu'à ce que...

— J'ai promis à Audrey d'aller boire un verre après le travail. Je rentrerai pas trop tard, promis mon cœur !

Je n'aimais pas trop l'idée que ma femme se fasse berner par cette salope et encore moins qu'elle la fréquente. Malheureusement, j'avais les mains liées et je ne pouvais pas empêcher ça. J'espérais juste que cette espèce de connasse ferme sa gueule sur son écart déplacé de la veille au soir. J'm'étais promis que si elle l'ouvrait, j'irais moi-même lui défoncer la tronche.

Après le départ de Carla, j'avais machinalement regardé mon portable, histoire de voir si l'autre enflure oserait encore se manifester. Mais rien, pas un seul message et ça avait été comme ça toute la semaine. Je n'avais jamais plus eu aucune nouvelle de sa part. Je pensais qu'après s'être pitoyablement ramassé, ce gros bâtard avait certainement dû renoncer à son plan foireux de nous voir nous séparer. Liam avait vu juste. Ce type n'était qu'un rageux, tout simplement, et son silence le prouvait.

Quoi qu'il en soit, j'avais eu l'impression que cette semaine avait été la plus longue de toute ma vie. Sans doute était-ce dû à ma trop grande impatience de reprendre à mon tour le job, dès le lundi suivant. Ma seule distraction avait été ma toute dernière séance de kiné. J'étais limite content de revoir Mika l'ambulancier. C'est qu'après quatre longs mois d'accompagnement thérapeutiques, j'avais fini par m'habituer à ce grand dadais et ses pittoresques confidences. Les dernières concernaient cette fameuse soirée où il était venu me prêter main-forte pour me débarrasser d'Audrey, le boulet. Vous l'auriez entendu... j'en avais tellement ri que j'étais pas loin d'me pisser dessus.

— J'vous assure monsieur Smith, cette nana est complètement folle. Elle n'a fait que vous insulter sur tout le long.

En voyant sa tête de fion, je riais aux éclats.

— Elle a dit aussi que vous allez vous bouffer les doigts dans pas longtemps. Franchement, elle faisait flipper à hurler sur le siège passager. Mais qu'est-ce que vous lui avez fait pour qu'elle soit autant en rogne ?

— Rien. J'ai juste refusé de lui mettre un coup de quéquette. C'est la meilleure amie de ma femme ! Tu parles d'une amie, une belle salope ouais !

— Oh ! Bah, moi j'ai bien essayé, mais elle m'a refoulé net. J'dois pas être son genre.

À l'écouter, malgré tous ses efforts, il était désespérément resté sur la touche. Le pauvre, lui qui avait tant espéré faire mousser son spaghetti, il l'avait eu dans l'os.

En me déposant pour la dernière fois chez moi, j'avais eu un p'tit regret de lui faire mes adieux. Car, finalement, c'était un chouette gars et il allait vraiment me manquer. Mais j'étais quand même bien content que nos chemins se séparent et de reprendre enfin ma vie d'avant, entouré de mes collègues. Quant à Audrey la pouffe, je ne l'avais pas revu de toute la semaine et je pense que dans l'intérêt de tous, surtout le sien, elle avait préféré taire sa visite inappropriée dans mon appartement.

Le matin de ma reprise, j'étais si excité que je n'avais quasiment pas dormi de la nuit. Comme à mon habitude, j'étais discrètement parti aux aurores, laissant Carla encore endormie.

En arrivant au commissariat, l'odeur du vieux café m'avait presque mis du baume au cœur et l'accueil de mes collègues avait été au-delà de toutes mes espérances. Tous me serraient la main, heureux de me voir enfin reprendre du service. Sur mon bureau, face à celui de Liam, rien n'avait bougé. Tout était resté à sa place, comme avant ma dernière intervention dans cette foutue supérette. Ça m'avait fait tout drôle de revenir après cette longue absence et en même temps, j'avais attendu ce jour comme le Messie. J'étais là, enfin prêt à reprendre les rênes en main. Liam aussi était fou de joie. Ce débile était monté sur la chaise pour faire l'annonce du siècle...

— Notre petit poulet est de retour ! Alors mesdemoiselles, vous êtes priées de venir l'accueillir en grande pompe avec une petite gâterie. Bien évidemment, s'il a plus de jus, j'me porte volontaire pour le seconder !

Ses pitreries avaient faire rire le commissariat entier, sauf Joseph Conrad, notre capitaine qui furieux, s'était pointé en moins de deux.

— Liam, fermez-la et au boulot ! Smith, bon retour parmi nous.

— Merci capitaine.

Derrière lui, David, un de nos collègues, s'était pointé avec une enveloppe kraft à la main.

— Smith c'est pour toi, un cadeau de bienvenue, veinard ! C'est un type qui l'a déposé à l'accueil.

— Bon, maintenant tout le monde au travail et qu'ça saute ! Cunningham briffez Smith sur les dernières enquêtes, grommelait Conrad juste avant de rejoindre son bureau.

L'instant suivant, le calme était revenu, mais ça c'était avant que je découvre le contenu de l'enveloppe anonyme. Je ne savais pas encore, mais entre mes mains, je tenais là une putain de bombe à retardement sur le point de me péter en pleine tronche...

CHAPITRE 8

Que le rideau se lève !

Les doigts sur le boitier d'un DVD encore fermé, j'étais intrigué face à ce post-it collé sur le couvercle avec écrit dessus « *regarde-moi* ».

— Qu'est-ce que c'est, questionnait Liam qui, perplexe, depuis la chaise de son bureau, regardait dans ma direction par l'interstice de nos deux ordinateurs collés dos à dos.

— J'en sais rien, mais j'aime pas ça...

Il s'était alors précipitamment levé pour s'approcher jusqu'à mon poste de travail.

— C'est quoi c'truc encore ? Vas-y ouvre !
s'impatientait-il, debout à ma gauche.

Là, j'avais innocemment mis le disque dans la fente
du lecteur de mon PC et à la seconde où l'image s'était
affichée sur mon écran, j'avais étouffé un hurlement,
manquant même de tomber à la renverse.

— Qu'est-ce... On dirait ta femme ? s'était-il, lui
aussi, brusquement horrifié.

La qualité de la vidéo était vraiment mauvaise,
probablement faite clandestinement à partir d'un
minable téléphone portable. On distinguait à peine
une jolie femme, le visage caché par un masque
vénitien. Perchée sur ses talons aiguilles rouges
pétasse, elle dansait entièrement nue en frottant
lascivement son cul sur une barre de pole-dance et
bordel... c'est vrai qu'elle ressemblait comme deux
gouttes d'eau à Carla. Elle avait la même chevelure
brune qui tombait sur les épaules et un galbe ultra
sexy, similaire au sien. Mais je n'avais aucune
certitude, car son visage était partiellement caché par
ce foutu masque. En plus, la scène était à peine
éclairée d'une faible lumière, tantôt rouge, tantôt

bleue qui altérait fortement la qualité de l'image. Pour ne rien arranger, ce couillon de pseudo caméraman s'y était pris comme un manche à balai. Certainement réalisé à la va-vite, le film contenait des séquences beaucoup trop instables et floutées sur presque toute sa longueur.

— Zacki, c'est elle tu penses ?

Les yeux exorbités, je restais misérablement silencieux devant ce corps de déesse qui s'offrait outrageusement à toute une horde de mâles excités par le bout rose de ses seins. Je n'arrêtais plus de scruter la moindre parcelle de sa peau à la recherche du plus petit indice. Quelque chose qui prouverait avec certitude l'identité de cette chienne en chaleur. J'avais beau espérer que la salope se tourne pour m'offrir un plan sur le creux de son rein droit, là où justement Carla avait une petite tache de vin, reconnaissable entre mille. Mais elle ne s'était jamais montrée, du moins pas de ce côté-là. De toutes les manières, à cette distance et sous cet angle, je n'aurai rien pu voir.

— Bordel... c'est un vrai cauchemar ! Ça ne peut pas être ma femme, ce n'est pas possible !

— Regarde mec, au-dessus de sa tête... le néon !

Doll... putain on voit rien !

J'étais tellement obnubilé par toutes ces sales pattes de vieux pervers qui la caressaient, qu'un éléphant rose aurait pu entrer dans le commissariat, j'l'aurais même pas vu. Soudain, un type avait sorti sa queue et la nana masquée s'était alors sensuellement accroupie sur l'énorme socle rond en aluminium pour le sucer goulûment. Dans le même temps, cuisses écartées, la pétasse prenait son pied en se doigtant salement la chatte. Je n'étais pas au bout de mes surprises, quand d'un coup, sortie de nulle part, une rouquine incendiaire était apparue à l'image et se faisait du bien en se caressant le minou, juste au-dessus de la tête de ma supposée femme. Très excitée, la nénette avait écarté ses grandes lèvres pour se faire lécher le clito par la jolie brune. C'était du grand porno et j'avais cru devenir cinglé en la voyant lui bouffer la chatte avec appétit. Si je n'avais pas été aussi suspicieux, j'me serai presque tapé une branlette, tant la séquence entre elles était bandante. Mais persuadé qu'il s'agissait peut-être là de ma Carla, j'avais été incapable de bouger tant mon bide se tordait d'horribles douleurs. Alors, les poings serrés sur le bureau, je restais là, les yeux figés sur mon écran en ravalant amèrement ma salive. J'étais pire que dégouté ! Et pendant que je m'efforçais pour ne pas hurler toute cette foutue colère, en bon flic, Liam avait sauté sur un stylo pour griffonner frénétiquement sur un bout de papier. À la vitesse de l'éclair, mon pote relevait le moindre indice qui pouvait filtrer de cet enregistrement merdique. Il n'y avait pas de son, mais les images suffisaient à me donner la gerbe. Nous étions clairement projetés dans un univers sale et puant le cul à plein nez, où le libertinage régnait en maître. Des lieux comme ceux que j'avais eu plaisir à fréquenter avec mon collègue, juste avant de me laisser passer la bague au doigt. Ça ne faisait aucun doute, cette scandaleuse scène pornographique avait été tournée dans un night-club privé et réservé à un public adulte, vouant un véritable culte au sexe. Les images défilaient sous mes yeux atterrés. Quand brusquement, un deuxième type était arrivé pour se faire à son tour dévorer la bite. Puis, une poignée de secondes plus tard, un troisième mec l'avait méchamment tiré par les cheveux pour la jeter sur l'un des nombreux canapés rouges, déjà occupé par d'autres fils de putes en rut. La diabolique rouquine n'était pas non plus restée sur la touche. Elle aussi avait été violemment plaquée par un grand black sur ce même divan et en levrette, elle se faisait sauvagement démolir son petit orifice. Quant à la brune, celle sur qui j'avais porté toute mon attention, un des salopards s'apprêtait aussi à la fourrer par-derrière. Les mains sur mon bureau, je grattais nerveusement la surface quand le type qui filmait s'était approché pour faire un gros plan. Là, j'avais pu facilement voir un gland tout visqueux s'enfoncer dans la raie des fesses de ma prétendue moitié. J'étais à deux doigts de péter mon écran quand tout à coup, le film s'était subitement arrêté sur un message figé sur un fond noir...

« Ah ! J'imagine bien ta sale tronche de flic cocufié par sa bonne femme ! Ça doit te faire sacrément mal au cul d'avoir vu ta pute à l'œuvre ! Pauvre connard ! J'paierai cher, juste pour te voir te bouffer les couilles ! Bien fait pour ta gueule !

Maintenant, tu me prendras un peu plus au sérieux quand j'te dis que t'as épousé la reine des salopes... Si j'étais à ta place, j'mettrais des capotes, car ta garce de femme aime se faire ramoner la chatte à cru. J'ai eu plaisir à la remplir aussi et plus d'une fois. Passe une bonne soirée et surtout ne me remercie pas !

Le corbeau

Le cerveau en ébullition, je m'étais levé d'un bond...

> — AAAHHHHGGGG ! J'VAIS LUI NIQUER SA MÈRE À CE FILS DE PUTE !!! avais-je violemment hurlé. ET ELLE... J'VAIS....

> — Merde Zacki ! Calme-toi, tout le monde nous regarde !

> — J'VAIS L'ENCULER À SEC !

J'étais tellement en pétard que le capitaine Conrad, lui-même, surpris par mes hurlements avait fini par ouvrir la porte de son bureau.

> — C'est quoi ce bordel encore ? Cunningham !!

> — Rien capitaine. C'est Smith.

> — Quoi Smith ? C'est quoi son foutu problème ?

— Bah euh... il s'est fait tirer son portefeuille. Il va se calmer. Tout va bien capitaine.

— Mon cul ! Smith, vous réglerez vos problèmes de papelard plus tard. Y'a des affaires de meurtres à résoudre avant ! Putain de bordel de merde. Plus y sont jeunes, plus y sont cons ces flics ! C'était pas comme ça d'mon temps, avait-il maronné en retournant dans son antre puant le cigare.

Pour calmer le jeu et détourner l'attention de nos autres collègues, Liam avait exercé une pression avec sa main sur mon épaule juste pour me forcer à me rassoir.

— Ezekiel, déconne pas, merde ! T'inquiètes... On va tirer cette histoire au clair. Mais là, faut vraiment que tu la fermes !

Franchement, j'avais eu du mal à plier mes genoux et foutre mon cul sur la chaise. Pour le coup, j'avais plutôt préféré me dégourdir les jambes en allant trouver David à l'accueil pour tirer cette histoire au clair.

— Où est-ce que tu vas ?

— J'veux savoir qui a déposé ce pli !

Trop enragé, je n'avais pas attendu qu'il m'emboîte le pas. Sur le court trajet, j'étais justement tombé nez à nez avec mon autre collègue.

— Qui t'as donné cette enveloppe ?

Surpris par mon agressivité, il m'avait regardé d'un air mauvais.

— PARLE ! CONNARD ! Qui est venu te donner ce foutu pli ?

— Oh ! Calme-toi ! J'en sais rien moi. C'est Jenna qui l'a réceptionné. Moi j'étais parti pisser. Tu veux la taille de ma queue aussi ? Bordel, Ezekiel !

J'étais parti comme une flèche et à l'accueil, Jenna renseignait une dame pour un dépôt de plainte. Tremblant de tout mon corps, je n'avais aucune envie d'attendre mon tour et méchamment, j'avais alors poussé la vieille femme sur le côté.

— Qu'est-ce qui te prend Zacki ? T'es devenu fou ? s'était effrayée Jenna, derrière le comptoir.

— Qui t'as donné cette enveloppe.

— De quoi tu parles ?

— Le pli à mon nom. C'était qui ? À quoi il ressemblait ?

— Oh ça... Bah j'en sais trop rien, il portait une grosse écharpe sur la face et puait le vin. J'allais pas lui taper causette !

— Bordel ! File-moi la vidéosurveillance de ce matin !

Elle avait pouffé de rire et je m'étais alors retenue pour ne pas la baffer. Manque de chance pour elle, j'étais à bout de patience et d'un geste brusque, je l'avais attrapée par le col de son uniforme. Les cinquante kilos tout mouillés de la petite brunette s'étaient vite retrouvés à plat ventre sur le comptoir. La pauvre manquait de souffle, mais j'en avais rien à foutre... C'est là que Liam s'était pointé.

— Mais qu'est-ce que tu fous ? Lâche-la ! Tout de suite, merde ! m'avait-il ordonné, en essayant de s'interposer.

Une fois relâchée, Jenna reprenait doucement son

souffle. Là, en rogne, elle m'avait craché à la gueule que les caméras de surveillance étaient en panne depuis la vieille au soir.

— Maintenant, dégage de là ! Sale con !

— Excuse le Jenna. Il est juste un peu énervé, mais ça va lui passer, temporisait Liam.

— C'est ça. Cassez-vous, tous les deux ! rageait la petite brunette filiforme.

Bras dessus, bras dessous, mon pote m'avait entraîné vers nos bureaux respectifs. Sur le chemin, il n'avait pas cessé de me sermonner. Je savais qu'il essayait juste de m'éviter les ennuis, mais c'était plus fort que moi.

— On ne peut pas te laisser seul une minute sans que tu foutes le bordel ! Tu cherches à te faire virer ? s'énervait-il.

Il en était presque risible, car le connaissant mieux que personne, dans ma situation, Liam aurait certainement mis le feu au commissariat !

— Bon... Pendant que tu cassais la gueule à tout le monde, moi j'ai fait des recherches et voilà c'que j'ai trouvé.

Il s'était reculé d'un pas pour me laisser voir mon écran.

— Son bordel, c'est le Dolls House à Surbiton, un club X très en vogue où les aristos s'envoient en l'air en se donnant des allures de grands princes. Tu vois l'genre ? Bref, c'est à une vingtaine de kilomètres d'ici. On l'tient mon Zacki !

Je l'avais bousculé pour m'emparer d'une feuille et d'un stylo pour noter l'adresse du bordel à putes.

— Ne me remercie pas surtout !

— On y va. Ce soir ! Et même tous les soirs, jusqu'à c'que j'lui tombe sur le coin de la gueule !

— Euh... Tu m'demandes pas si j'avais peut-être des trucs de prévus ? J'ai peut-être une vie aussi !

— Rien à foutre ! J'ai besoin de toi ! Tu vas pas me lâcher maintenant ?

J'le voyais tapoter sur son portable et ça me rendait encore plus nerveux qu'il ne m'écoute pas.

— Mais qu'est-ce que tu fous ! lui avais-je alors balancé, un brin énervé.

J'étais clairement à bout de patience qu'il ne me porte aucune attention et d'un mouvement brusque, je le lui avais enlevé son portable de la main.

— Bordel, Ezekiel ! Laisse-moi au moins le temps d'annuler Aurélia pour ce soir ! T'inquiète ! J'allais pas te laisser y aller seul, t'es trop dangereux !

Même si j'étais au plus mal, j'avais été soulagé que mon meilleur ami mette sa vie entre parenthèses pour la mienne. Je m'étais dit que ça, c'était un vrai pote ! Et en voyant le message d'Aurélia en réponse au sien, j'avais même pensé que j'lui devais une fière chandelle. Elle était folle de rage et l'avait insulté de sale bâtard pour avoir gâché leur folle soirée.

— Désolé Liam !

— Oh ! t'inquiète, c'est rien, elle s'en remettra. Tu nous payeras un week-end en amoureux.

Il avait beau essayer de faire de l'humour, j'étais bien trop furax pour rire de ses conneries.

— Écoute mon pote, même si cette nana ressemble beaucoup à Carla, on n'a aucune preuve que c'était elle. La fille portait un masque Zack !

J'étais pas con et je me doutais bien qu'il essayait encore d'me réconforter. Mais les images de ce corps que je connaissais par cœur... J'étais certain que ce maudit corbeau disait vrai. J'étais bel et bien cocu et pour en avoir le cœur net, j'étais plus que déterminé à la surprendre en flagrant délit.

— Si Carla s'enfile des bites, j'veux être aux premières loges pour lui faire bouffer la mienne, juste avant de la buter !

— Euh... Tu vas pas la refroidir ! Non mais t'es sérieux ?

— J'ai jamais été aussi sérieux Liam ! Tu marches avec moi ou contre moi. Mais crois-moi, tu m'arrêteras pas !

CHAPITRE 9

Club X

J'vous jure, ça avait été archi dur d'attendre jusqu'au soir et de faire comme si tout allait bien en répondant aux textos de cette sale hypocrite.

— *« Coucou, mon amour, j'espère que ta reprise s'est bien passée. J'aurais aimé t'embrasser ce matin, mais tu étais déjà parti. Tu me manques.*

— *Oui ça a été. Tu me manques aussi. »*

C'était loin d'être une partie de plaisir et j'avais juste envie de la jeter à terre pour lui fracasser le crâne en deux, histoire de lui remettre les idées en place. À cran, j'étais incapable d'ouvrir un seul dossier, mais heureusement, j'avais pu compter sur Liam pour me couvrir à chaque apparition de notre capitaine.

— Alors Smith, vous vous êtes remis dans l'bain ? Cunningham vous l'avez mis au parfum pour la disparition de la petite Chelsea ?

— Oui, on est sur le coup ! lui avait-il répondu.

— Bien, je vous laisse bosser !

Tu parles, j'passais bien plus de temps à zieuter l'heure du départ que le nez fourré dans une sale affaire de mœurs à résoudre.

Dans l'après-midi, ma pute de femme était revenue au galop pour encore me balader par le bout de la queue...

« Mon chéri J'ai oublié de te dire... Grégory a organisé l'anniversaire-surprise de sa femme. Du coup, je rentrerai tard. Je t'aurais bien dit de venir, mais c'est juste un truc entre les filles du bureau. Je t'aime mon cœur. À ce soir »

— Non, mais quelle salope ! J'en reviens pas !

Fou de rage, j'avais alors composé son numéro pour l'insulter de tous les noms. Mais à la première sonnerie, Liam s'était jeté sur moi pour s'emparer de mon portable.

— T'es con ou quoi ? Tu vas tout faire capoter ! Et puis, c'est peut-être vrai son histoire d'anniversaire.

— Ah ! Tu crois ça ? Alors, regarde ! lui avais-je dit, en lui reprenant mon bigo de ses mains.

Comme un malade, j'étais limite à désosser mon foutu portable en tapotant dessus à une vitesse folle.

— Mais qu'est-ce que tu fous, bordel ! Calme-toi Ezezkiel ! On dirait un vrai psychopathe !

— Anniversaire-surprise... mon cul ! avais-je presque craché dans sa gueule.

Les yeux rivés sur mon téléphone, j'arrivais pas à décrocher ce sourire carnassier de ma mâchoire. Vous savez, le style de rire nerveux qu'on a quand on est sûr de son coup. C'est vrai que je devais ressembler à un fou furieux.

— Et voilà, y'a plus qu'à attendre !

Perplexe, Liam me regardait et à la seconde où j'avais

eu un message en retour, il s'était rapproché...

« *C'est gentil Zacki, mais c'est le mois prochain, Claudine est née le 29 mars !* »

— Qui c'est ça Grégory ? s'était-il demandé, en zieutant l'écran.

— Le mec de la nana qui fête son soi-disant anniversaire ce soir ! Alors ? C'est qui le psychopathe, maintenant ?

Il s'était reculé d'un pas en joignant les deux mains sur son visage.

— OK mec, tu m'as convaincu !

— Ce soir, on la piste !

Le temps filait lentement et en sachant que de son côté Carla comptait les heures pour se faire ramoner la chatte, moi dans mon coin, j'élaborais la meilleure filature possible.

La fin de journée était toute proche et j'étais déjà très impatient de voir la nuit tomber. En partant, Liam m'avait donné rendez-vous à vingt-et-une heures tapantes, en bas de chez moi...

— En mode beau-gosse, sinon les gorilles vont nous refouler ! m'avait-il lancé, juste avant de disparaître dans sa bagnole de flic banalisée, mais repérable à des kilomètres à la ronde, même pour un dealeur de seconde zone.

En rentrant dans l'appartement, tout était comme je l'avais laissé le matin même, à une différence près, ma femme n'y était pas. J'étais vraiment dans un sale état, tout comme le jour où j'avais reçu le texto de ce maudit corbeau. Alors, pour calmer mes nerfs, je tournais en rond en vérifiant machinalement le barillet de mon flingue. C'était pas l'envie qui me manquait de m'en servir pour agrandir le trou d'balle de ma garce de femme. Mais voilà, j'allais quand même pas prendre le risque d'utiliser mon arme de service.

Paré d'une belle chemise cintrée blanche à col mao, d'un pantalon et d'une veste noire, style smoking, j'étais fin prêt. Les cheveux gominés en arrière, je guettais mon ami à la fenêtre en me rongeant les ongles presque à sang. Puis, à vingt-et-une heures pétantes, Liam s'était enfin pointé. L'instant suivant, c'était à peine si j'avais pris le temps de fermer la porte à clef et en moins de deux, j'étais déjà assis dans la bagnole de mon pote, sapé lui aussi comme un dieu.

— T'as des nouvelles de ta femme ?

— Que dal ! Elle répond pas aux messages.

— Pas étonnant, les portables sont interdits dans ces trucs-là, mais ça, tu l'sais déjà !

On avait roulé pas loin d'une bonne demi-heure avant d'arriver enfin à destination et je n'avais pas attendu qu'il coupe le contact pour ouvrir ma portière.

— Putain, mais attends-moi !

Il mettait trop de temps à arriver et je m'étais alors retourné pour voir ce qu'il foutait. C'est là, qu'un peu plus loin en retrait, j'avais cru apercevoir la Mercedes gris métallisé d'Audrey, la meilleure amie de ma femme. Du coup, les nerfs à bloc, j'étais parti comme un fou à contre sens du night-club.

— Mais où est-ce que tu vas bordel ? L'entrée c'est de l'autre côté ! Couillon !

Sans même écouter Liam qui, dans mon dos, maronnait, j'avançais tête baissée entre les luxueuses voitures stationnées et en arrivant devant celle suspectée, ça avait été le choc...

— Tu vas m'dire c'est quoi ton foutu problème Zack ?

— Regarde... C'est la bagnole d'Audrey !

— Sa pote du bureau ?

— Cette garce la couvre. Si ça s'trouve, elle est même avec elle là... Ah ! Elles se sont bien foutues de ma gueule toutes les deux. Quelle bande de p'tites salopes !

— Bah on va l'savoir très vite ! Aller, viens, on y va mec, m'avait-il dit, en tapotant mon épaule.

Les nerfs à vif, j'avais suivi Liam qui s'était engouffré dans une espèce de cour assez sombre. Tout au fond, il y avait une immense porte en bois massif à peine visible qui se fondait complètement dans le décor. C'était vraiment la planque idéale pour des aristos en quête de sensations extrêmes. C'est Liam qui avait actionné le heurtoir en forme d'abeille. Moi, j'tremblais trop pour ça et j'aurais risqué de fracasser le machin. Tout à coup, une lumière s'était allumée juste au-dessus de nos tronches et de petites caméras de surveillance pivotaient sur nos accoutrements de parfaits pingouins. On avait dû faire bonne impression, car l'instant suivant la lourde porte s'était très vite ouverte sur une nana hyper bien foutue qui ne portait qu'un minuscule string en cuir. Dans le petit sas, la belle brune était accompagnée de deux colosses et depuis une chaise haute, elle nous faisait signe de la main.

— Entrez, messieurs. Soyez les bienvenus dans l'antre du plaisir, sans aucune limite...

Avant même d'avoir foulé le sol, Liam avait la banane et à voir son froc doubler de volume, c'était pas seulement sur la gueule.

— Ça m'rappelle le bon vieux temps mon Zacki !

J'étais franchement moins enthousiasmé que lui en imaginant ma femme derrière ce mur de briques, à se faire démonter par des types semblables aux deux gigantesques blacks devant nous. La nénette qui, du bout de ses jolies mains vernies, titillait une espèce de chainette maintenue à ses tétons par deux petites pinces, nous avait tendu un bac en plastique vide.

— Déposez vos téléphones et vos objets de valeur ici.

Frétillant de la queue, Liam s'était empressé de vider ses poches, j'avais aussi suivi le mouvement avec moins d'entrain.

> — Bien, merci. Voici pour vous, avait-elle dit en nous donnant deux masques vénitiens similaires à ceux de la vidéo, visionnée plus tôt dans la matinée.

Sans vraiment savoir quoi faire, on avait tous deux regardé la sulfureuse plante en attendant la suite.

> — Vous devrez les porter sans jamais les retirer, c'est la règle d'or ! Vous semblez nouveaux ici, j'me trompe ? nous avait-elle alors demandé avec son envoutant timbre de voix, à la fois suave et provocant.

Liam avait eu ce mouvement décontracte qui donnait bien plus l'impression d'un ridicule puceau en quête de chair fraîche que celle d'un gentleman, pourtant habitué de ce genre de clubs. Quant à moi, j'étais raide comme un piquet et avec mon regard noir, je donnais plutôt dans le style d'un sale pervers, obsédé par le cul de jolies demoiselles.

— Détendez-vous, ça va bien se passer, disait-
elle en descendant de sa chaise haute.

Avec la petite boîte en plastique sous le bras, elle avait
scandaleusement roulé du cul jusqu'à passer de
l'autre côté d'un comptoir. Bras tendus, je la regardais
mettre en lieu sûr nos boîtes avec celles appartenant
certainement aux membres déjà présents.

— Mick va vous fouiller, c'est la règle !

En l'écoutant, j'avais été heureux de ne pas m'être
laissé tenter d'avoir embarqué mon flingue. Après la
fouille au corps, la sulfureuse brune s'était avancée
pour ouvrir un gros rideau rouge en velours et au
même instant, j'avais pu sentir sur mon visage la
chaleur torride des corps déjà entremêlés à l'intérieur.

— Je vous en prie, entrez, avait-elle suavement
murmuré...

CHAPITRE 10

Carla superstar !

Le rideau dépassé, on avait dû traverser un passage qui faisait penser à une grotte de quelques mètres de long et qui menait tout droit à une grande salle obscurcie, où l'odeur du sexe me piquait déjà fort le nez. Liam, lui, était au paradis. C'était limite à se demander si en dévorant des yeux ces quelques minettes à quatre pattes, des bites plein la bouche ou dans le cul, cet abruti n'avait pas oublié la raison de notre présence. Plus on s'enfonçait dans le décor empreint de luxure, plus les cris et les gémissements devenaient intenses à nos oreilles. En imaginant Carla dans un endroit pareil, je n'étais clairement pas à mon aise. L'esprit sous tension, je regardais autour de moi, tout en priant intérieurement de ne jamais la trouver ici. Ça avait été dur d'essayer de repérer la garce, parmi tous ces corps dénudés et masques qui s'entrechoquaient au rythme d'une diabolique musique. Le flash incessant des néons multicolores excitait davantage tous ces porcs et me rendaient la tâche encore plus difficile. Même ce foutu masque avait fini par me taper sur les nerfs. J'avais juste envie de me l'arracher du visage, mais je nous savais observés par des foutues caméras de surveillance, disposées par endroit.

J'vais pas vous mentir, dans l'passé cette chaude ambiance m'aurait certainement fait triper. À coup sûr, j'aurais eu la queue aussi raide que celle d'un cheval et j'm'y serais donné à cœur joie pour désosser le moindre petit cul à ma portée. Mais là, en voyant leurs visages, figés par la rage d'un intense plaisir charnel, j'avais plutôt la gerbe.

Parmi toutes ces chiennes en feu, je n'avais

pas arrêté de chercher la mienne dans chacun des coins de la grande pièce. Les uns après les autres, j'entrais dans ces annexes explicitement aménagées de rideaux occultants, de divans noirs en velours ou encore, de matelas jetés à même le sol et très souvent occupés. Attroupés autour d'une ou deux nanas, j'entendais ces vicelards s'en donner à cœur joie...

— T'aimes ça salope ! Tu la sens bien ma bite là, hein... Putain c'que t'es bonne toi ! J'vais te démonter la chatte. Sale chienne...

— Ouais, vas-y mec, défonce-la, cette petite pute, elle aime ça. Suce ma queue ! Oh ouais c'est bon ça. Humm...

Honnêtement, en observant ces femmes malmenées, je désespérais de trouver la mienne en plein milieu, au point d'en avoir de maudites palpitations au cœur. Quant à Liam, à voir son sourire carnassier, c'était dans son froc qu'il livrait bataille. Sa bite grossissait à vue d'œil et le sagouin en avait presque eu du mal à marcher. De mon côté, plus je franchissais ces salons annexes, moins j'étais serein. À chaque fois que je pénétrais l'un d'entre eux, dans ma poitrine c'était l'explosion. J'avais tellement peur de tomber nez à nez avec Carla en levrette ou pire, partouzée par plusieurs types à la fois. Mais voilà, j'avais beau tourner la tête dans tous les sens, ma femme n'était pas là...

À un moment, j'étais resté con, en apercevant certains friqués s'enfiler librement des lignes de cocaïne. Sur des petites tables en verre, les rails de poudre étaient à disposition, histoire de désinhiber les gonzesses les plus timides ou encore de peut-être décoincer quelques mecs, complexés par la taille de leur engin. Le cerveau intoxiqué par cette merde, les aristos coincés du cul devenaient en un rien de temps de vraies bêtes sauvages, avides de sexe en tout genre.

Des femmes complètement shootées se faisaient brutaliser le fessier. La peau violacée par les nombreuses claques qu'elles se ramassaient sur leur cul ou dans leur tronche, ces salopes n'étaient jamais rassasiées et en demandaient encore. D'autres membres, des types plutôt baraqués, se faisaient défoncer l'anus en suçant goulument les plus pervers d'entre eux. Allongé juste à côté, un autre gars avait été pris en sandwich. Salement enculé par un grand black, le bi ramonait la chatte d'une pute, cuisses grandes ouvertes sur un matelas recouvert de sueur. J'en croyais pas mes yeux... C'était un putain de baisodrome, et de mémoire, le plus dégueulasse de tous. De la pétasse enflammée à la lesbienne en chaleur ou du p'tit soumis à un sale enfoiré de dominant, y'en avait vraiment pour tous les goûts et j'avais pas fini d'en voir de toutes les couleurs...

Un peu plus loin, une pétasse vêtue d'une combinaison noire en latex paradait avec un martinet à sa main gantée. La pouffe à talon aiguille fouettait méchamment le dos d'autres membres qui marchaient à quatre pattes sous ses pieds. J'étais surpris de la voir enfoncer d'un coup sec ses doigts dans le fion de certains de ses toutous et d'entendre ces p'tites pédales gémir, comme des pucelles. C'était complètement dingue à voir et franchement pas du tout le genre de pratiques que j'appréciais.

— Putain, j'me laisserai bien fouetter par la pute si j'étais sûr de la baiser derrière ! Pas toi Zack ?

— Tu fais chier ! Reste concentré, on est là pour Carla. Tu joueras avec ton zgeg plus tard !

Derrière la sadique en noir, j'avais entraperçu une ouverture dans le sol, comme un escalier qui menait à un sous-sol.

— Ramène-toi, lui avais-je brusquement dit, en tirant mon vicelard de pote par le bras.

Excité par le spectacle, cet abruti traînait du pied, mais j'avais finalement réussi à l'attirer jusque devant un étrange escalier en pierres brutes.

— Euh... Tu penses trouver ta femme là-dessous ?

— J'en sais rien, mais on va vite le savoir !

En bas des marches, une autre porte aussi imposante que celle à l'entrée de ce bordel nous barrait le chemin. Ne sachant pas que faire d'autre, j'avais alors tambouriné comme un malade pour qu'on nous ouvre. De l'autre côté, un type avait ouvert une espèce de visière et nous scrutait mauvais à travers.

— C'est pas pour les femmelettes ici. Allez plutôt jouer à la marelle à l'étage ! Cassez-vous !

En regardant ce fils de pute refermer la visière sous

nos gueules décomposées, j'perdais clairement patience et le poing levé, je m'apprêtais alors à frapper encore plus fort. Quand Liam m'en avait empêché de justesse.

— Calme-toi merde ! On va se faire lourder. Éloigne-toi un moment, t'es trop nerveux Ezekiel !

Je n'avais vraiment pas envie de bouger d'ici, mais il avait fini par me convaincre.

— Tu veux entrer là-dedans, oui ou merde ? Alors, laisse-moi faire bordel !

Pour le coup, je m'étais mis en retrait, trois ou quatre marches plus haut. Les mains sur les oreilles, j'en pouvais plus d'entendre les gémissements de toutes ces pétasses en chaleur insultées par de vieux mecs, la quéquette en feu.

— Zacki ! EZEKIELLLL ! criait Liam quelques secondes plus tard d'un peu plus bas.

J'avais été à la fois surpris et très soulagé de trouver cette foutue porte ouverte. Le gorille juste derrière avait le regard noir, comme une gonzesse en pleine menstruation. Mais franchement, j'm'en branlais, je voulais juste retrouver ma femme et c'était pas cette pute de deux mètres qui allait m'impressionner.

— J'lui aurais bien pété la gueule à c'type ! Comment t'as fait pour qu'il ouvre, Liam ?

— Oh ! Rien... Tu m'dois juste un gros billet, Zacki !

L'endroit ressemblait à une cave désaffectée. Au mur, il y avait toutes sortes d'accessoires typiques BDSM et en avançant, choqué, je regardais des anneaux métalliques ou encore des chaînes incrustées dans la pierre. On était bien loin de l'ambiance cosy du premier étage où les bourgeoises se faisaient bouffer la chatte à tout va. Ça n'avait plus rien d'un club privé, mais plutôt d'un bourbier où les gémissements avaient nettement été remplacés par des hurlements qui me glaçaient le sang. C'était improbable de trouver ma femme ici, malgré tout je n'avais pas cessé de la chercher partout. Heureusement ce lieu lugubre ne comportait que trois pièces distinctes. Sans plus attendre, je m'étais nerveusement approché vers la première où les cris battaient des records de décibels.

Devant nous, deux types cagoulés entièrement

recouverts de latex fouettaient à tour de rôle une nénette attachée sur une gigantesque croix de bois, bien abîmée. Lacérée sur tout le corps, elle poussait des cris à chacune des morsures de la fine lanière de cuir. Elle aussi cagoulée, il m'était impossible de voir son visage, mais ses gros seins retombants sur son bide n'étaient en rien semblables à ceux de ma femme, ni même sa silhouette, beaucoup trop imposante pour me faire douter un seul instant.

— C'est pas elle. On s'casse !

— Putain, t'as vu ça, Zack ! Je sais pas pour toi, mais moi, y'en a plus d'une que j'aimerais fouetter comme ça ! Elle a l'air d'aimer ça en plus... la saloooope !

— Ramène-toi, au lieu de dire des conneries !

Dans la seconde pièce, les cris étaient moins intenses, mais il y avait bien plus de monde. Des mecs, encore cagoulés, étaient regroupés autour d'une espèce de grande toile d'araignée métallique et semi-couchée, où une femme entièrement dénudée était attachée au centre. L'un de ses bourreaux lui pissait sur tout le corps et d'autres se branlaient en proférant des insultes.

— Ouais, prépare-la bien, cette petite pute. Tu vas en avoir de la bite, ma jolie !

— Putain, elle est bonne. Vas-y, bois la tasse, garce ! grondait le sale type en train d'uriner sur la fille. Si t'es sage, t'auras le dessert !

— Ouais, des litres de sperme à avaler ! rigolait un autre, sa queue dressée à la main.

C'est vrai qu'elle avait l'air d'aimer ça. Y'avait qu'à la regarder onduler suavement sous le jet chaud d'urine. Et en approchant d'un peu plus près, on pouvait même voir la langue rose de cette pétasse, sortie de sa cagoule pour en lécher le pourtour de ses lèvres. Malgré la pisse qui coulait entre ses deux beaux nibards pour chuter au creux de sa belle chatte épilée, elle était sublime à voir. Son corps était semblable à celui d'une déesse et ses seins me rappelaient nerveusement ceux de Carla. Mais, toujours sûr de rien, je m'étais encore approché d'un pas et c'est là, qu'un des bourreaux en plastique nous avait remarqué, Liam et moi. Seulement vêtu d'un froc en cuir et torse nu, le colosse s'était alors très vite avancé vers nous.

> — J'y crois pas ! regardez ça les mecs... Alex fait rentrer les pédales maintenant ! C'est quoi ce bordel !
>
> — On ne veut pas d'histoire... avait répondu Liam face aux types, bâtis comme des montagnes russes et qui se rapprochaient dangereusement de nous.
>
> — Tu vas appeler ta maman ? Rigolait un autre, une cravache à la main.

En nombre, ils s'étaient plantés face à nous et formaient un demi-cercle. Ces connards se foutaient ouvertement de notre gueule, mais j'avais autre chose à foutre que de discuter avec ce boy-band en latex. Moi, je n'avais d'yeux que pour cette femme juste derrière eux, ligotée sur cette fichue toile d'araignée. J'étais sûr de la connaître et j'avais dû attendre que l'autre pisseur de service vide son réservoir et se retire d'elle pour en avoir le cœur net. Malheureusement, le ton était vite monté entre mon pote et cette bande de *loosers*. Nous n'étions clairement pas les bienvenus. Malgré tout, j'avais laissé Liam se démerder seul pendant que moi, je m'étais hissé sur la pointe des pieds en dévissant mon cou pour mieux apercevoir la nénette. Seule sur la toile, elle continuait de se mouvoir lascivement en attendant probablement la queue dure de ces bouffons de service. Avec la musique à fond et sa cagoule sur la tronche, je pense qu'elle ne s'était rendue compte de rien de ce qui se tramait à l'entrée. La pouffe n'aspirait qu'à se faire baiser.

C'est précisément là, en la regardant onduler, que j'avais aperçu son rein droit et croyez-moi, en reconnaissant cette petite tache de vin que j'avais embrassée des milliers de fois, que je m'étais violemment senti comme frappé par la foudre. J'étais devenu complètement fou en voyant ce corps que j'avais moi-même possédé des nuits entières et qui là, réclamait la bite de ces sales types. J'avais chaud, très chaud et dans mes veines, mon sang bouillonnait, pire que la lave d'un satané volcan en éruption. Hors de contrôle, je m'étais alors jeté sur ces pédales déguisées en *batman* pour aller massacrer ma femme.

— POUSSEZ-VOUS !   BANDE   DE
BÂTARDS ! avais-je hurlé.

— T'es jaloux ? Tu veux prendre la place de la
demoiselle ? se moquait l'un des guignols.

Dans un état second, je n'avais pas pu m'empêcher de
frapper ce crétin en pleine gueule. C'est là que tout
avait dégénéré en baston... Avant même d'avoir pu
atteindre Carla, des gros bras nous avaient soulevés
du sol par le col pour nous jeter en moins de deux,
hors du bordel à putes.

— Putain, mais qu'est-ce qui t'a pris ? Bordel !
grondait Liam en se relevant, tout décoiffé, du
bitume.

— C'ÉTAIT MA FEMME !

— T'en es sûr ?

— TES CLEFS !!

— Euh... non ! T'as vu dans quel état t'es ?
J'peux pas te laisser seul mec, j'suis flic et ça
me ferais chier de te foutre en taule !

Mon pote aussi me rendait plus que nerveux et je
n'avais plus de patience, même pas pour lui ! Alors,

furieux, je l'avais poussé à terre pour lui prendre de force ses clefs de bagnole. Sans me retourner, j'avais foncé droit vers sa caisse.

— EZEKIELLLL... ATTENDDDDS !

Obsédé par l'image de Carla sur cette saleté de toile d'araignée, je n'écoutais plus rien, pas même les supplications de Liam dans mon dos qui m'ordonnait d'arrêter ma course folle. J'étais si enragé et déterminé à attendre ces deux salopes chez sa meilleure copine que rien ne pouvait se dresser sur mon chemin, pas même le diable en personne.

Certain que ma femme serait forcée de faire un détour chez Audrey pour récupérer sa voiture, j'avais alors foncé tout droit à son appartement. Sur la route, un sourire démoniaque aux coins des lèvres, je m'imaginais déjà les siennes, effroyablement tordues, par la peur en tombant nez à nez sur moi...

CHAPITRE 11

Apparences trompeuses

En moins de temps qu'il m'en aurait fallu, j'étais arrivé en bas de l'immeuble d'Audrey. Et la seconde suivante, j'avais pas fini d'en chier quand l'autre fils de pute de corbeau s'était une nouvelle fois manifesté par message...

« On dirait que tu as passé une mauvaise soirée, Ezekiel. Dommage ! En tout cas, ta femme, elle, s'est bien régalée. Mais ça, tu l'sais déjà puisque tu l'as vu faire. N'est-ce pas ?

Le corbeau »

— AAAAAGGGGHHHRRRR !!

À cran d'être sans cesse nargué par cet enculé, j'avais fini par me défouler en tapant fort sur le tableau de bord de la bagnole à Liam. Sur le moment, j'imaginais tenir le cou de ma garce de femme entre mes mains et j'avais eu un mal de chien à les desserrer du volant. Incapable de rester en place, j'étais alors descendu de la voiture en urgence, juste pour me dégourdir les jambes. En pleine nuit, j'avais marché dans le parking de sa copine, faiblement éclairé. C'est là, après quelques mètres seulement, que j'avais été surpris de voir l'appartement d'Audrey s'allumer.

Derrière le rideau, une silhouette en mouvement semblait porter quelque chose à sa bouche et comme un idiot de voyeur, j'étais resté planté là, à observer ses moindres mouvements. J'me disais qu'entre la colère et la fatigue, j'devais probablement halluciner ou tout simplement me tromper de fenêtre. Mais quand l'habitante avait tiré les rideaux pour scruter à l'extérieur, je n'avais plus eu aucun doute.

Cette salope semblait guetter l'arrivée de quelqu'un, certainement ma femme. Moi qui la croyais, elle aussi, dans ce bourbier à tapins, j'avais tort. Audrey était bel et bien chez elle et une chose était sûre, elle en savait bien plus que moi sur Carla.

Furieusement déterminé à lui faire cracher le morceau, j'avais monté les escaliers quatre à quatre. Arrivé devant sa porte, je m'étais retenu de la défoncer de peur de réveiller ses voisins en plein milieu de la nuit. Pensant à tort que ce devait être ma femme, elle n'avait pas hésité à ouvrir en me tournant même le dos...

— T'en as mis du temps, petite coquine. Alors, la pêche a été bonne ? avait-elle lancé, le regard tourné vers son salon, un verre de vin blanc à la main.

— Très... lui avais-je répondu d'un ton grave, juste après avoir refermé la porte à clef derrière moi.

D'abord effrayée, elle s'était brusquement retournée. Puis là, en me voyant, elle avait doucement posé son verre sur le comptoir de sa cuisine ouverte, en prenant un air des plus innocent.

— Ezekiel ! Quelle bonne surprise ! Tu as changé d'avis mon lapin. Alors, dis-moi... Que me vaut le plaisir de te voir ici, en plein nuit ?

L'effrontée tentait encore de me séduire. J'en croyais pas mes yeux, lorsqu'elle avait osé ôter son déshabillé de soie beige pour se retrouver cul nu devant moi. Et croyez-moi, elle y avait été fort en attrapant ma main pour la passer lentement entre ses deux énormes seins. Mais elle ne s'attendait pas à ce que l'une d'entre elles se referme violemment sur un de ses nibards et lui pince le téton à sang.

— Aïe ! Tu me fais mal...

— Ah ! Tu veux ma bite... Bah ! tu vas l'avoir !

— Lâche-moi, connard ! Ou j'appelle les flics !

— Les flics, c'est moi, grosse pute ! Viens un peu par ici !

D'un geste brusque, je l'avais traînée par le bout de son mamelon jusqu'à son pieu où je l'avais sauvagement jetée. Sa tête avait alors méchamment heurté le rebord de son lit en lui sectionnant l'arcade sourcilière. Audrey saignait comme vache qui pisse et se débattait comme une véritable lionne. Honnêtement, j'vais pas mentir, mais d'avoir vu sa paire de seins s'agiter dans tous les sens, ça m'avait brusquement fichu une trique d'enfer. Au même instant, je l'avais violemment retournée face à moi. Ses yeux apeurés dans les miens, je prenais un plaisir fou à forcer le passage entre ses cuisses et ivre d'envie, je m'étais alors brutalement enfoncé dans sa petite chatte.

— J'vais t'baiser comme jamais on t'a baisé avant ! lui avais-je balancé en pleine tronche.

Là, j'avais été au septième ciel en contemplant la douleur dilater ses pupilles. Elle était tellement effrayée que son minou s'était serré au max en pressant savoureusement ma queue et la vache, c'que c'était bon à l'intérieur ! J'avais dû cracher dessus pour faire glisser ma bite jusqu'aux couilles et plus elle criait, plus elle m'excitait.

— NON ! LACHEEEEEEEE-MOIIII !

— Ta gueule, je sais que t'aimes ça ! Tiens, prend ça dans ta chatte ! Tu la sens bien là, hein...

— TU ME FAIS MAL, NON !!!

— Ouais, vas-y crie ! Excite-moi encore ! Alors comme ça tu couvres ma femme pendant qu'elle baise ailleurs ? Humm... Putain, c'que t'es bonne Audrey ! Oh oui...

Là, elle avait eu ce regard qui en disait trop long sur sa culpabilité et toujours en prenant ce putain d'air innocent, la garce essayait encore de m'amadouer en passant doucement ses mains tremblantes sur ma chemise. Avec des gestes tendres, la garce essayait encore de m'endormir le cerveau.

— QUOI ? NON J'TE JURE ZACKIIII ! AÏÏÏEEE !

— Ne mens pas sale chienne ! Carla est une pute et t'en es une aussi. Et ce soir, tu vas prendre cher pour tes mensonges, salope ! lui avais-je alors répondu en agrippant férocement ses hanches pour mieux lui défoncer la chatte.

Cuisses écartées, elle hurlait de douleur en me suppliant d'arrêter.

— PITIÉ ! JE VAIS TOUT TE DIRE, MAIS ARRÊTE, JE T'EN SUPPLIE !

La sale petite blondasse était prête à passer aux aveux,

mais malheureusement pour sa gueule, sa frayeur m'excitait bien davantage. Pris de frénésie, je m'étais brusquement penché pour lécher le sang qui dégoulinait de son visage.

— J'en ai pas fini avec toi, sale traîtresse !

— EZEKIEL, PITIÉ !

— Ne prononce plus jamais mon nom, GARCE !

lui avais-je dit en la giflant violemment.

M'extasiant au plus profond de son p'tit triangle suavement épilé, j'avais brusquement passé mes mains autour de son minuscule cou et comme un possédé, de toutes mes forces je ne m'arrêtais plus de serrer... La vue du sang m'excitait au plus haut point et en une fraction de seconde, j'étais devenu comme tous ces sales types que je foutais au trou. C'était incroyable, toute cette puissance qui me bouffait de l'intérieur. Je jubilais en voyant ses p'tits yeux se révulser sous la forte pression. Et lorsque j'avais senti ses ongles vernis s'agripper à mes doigts, je n'avais qu'une envie, la baiser encore plus fort. Putain, c'était complètement dingue, mais en regardant cette pétasse à ma merci, j'prenais un pied d'enfer comme jamais auparavant. Je ne voulais surtout pas lâcher prise et en même temps, je prenais un plaisir indescriptible en la pilonnant furieusement et sans relâche, jusqu'à gicler mon foutre tout au fond de sa chatte.

— AHHHH !!! SALOOOOOPE ! HUMM...

Mes couilles vidées, je l'avais regardé quelques secondes avant de desserrer enfin mon emprise.

> — J'espère que t'as aimé autant que moi, pouffiasse ! Parle maintenant ou je te tue ! lui avais-je dit en me relevant de son pitoyable corps entièrement nu.

Les yeux grands ouverts, elle me fixait étrangement, sans bouger.

> — Tu veux peut-être que j'te fasse le cul ? Parle connasse ! m'étais-je alors énervé, en sortant du lit.

Mais, allongée sur le dos, son vagin dégoulinant de sperme, Audrey n'avait eu aucune réaction et après quelques secondes, je réalisais qu'elle n'en aurait plus jamais. Elle était morte, assassinée par ma sauvagerie...

> Au même instant, depuis la table de chevet,

son téléphone s'était subitement allumé. Elle venait tout juste de recevoir un message. J'étais certain qu'il était de Carla, lui écrivant probablement qu'elle était en route. Alors, paniqué, mais aussi pour en avoir le cœur net, je m'étais très vite emparé du portable. Malheureusement, ce connard d'engin était verrouillé par l'empreinte digitale. Du coup, je ne m'étais pas gêné d'attraper le doigt encore chaud du cadavre pour déverrouiller l'écran et sans surprise, je lisais là un message de ma salope de femme...

« Dommage que tu ne sois pas venue avec moi ! J'me suis éclatée comme une folle. Bon, j't'avoue que j'ai du mal à marcher, lol... Ne m'attends pas, on fait comme d'habitude, je te laisse les clefs de ta voiture dans la boîte aux lettres. Bisous ma belle, à demain ! »

J'avais hurlé de rage en lisant son texto, mais le pire était à venir lorsque d'instinct, j'étais remonté dans le fil de leur discussion WhatsApp. Là, bien pire qu'un foutu coup de massue sur le crâne, j'avais cru mourir en découvrant l'impensable...

CHAPITRE 12

Bas les masques !
Et que le spectacle commence...

Leurs échanges de messages étaient pires que dégueulasses. Dans mon dos, ces deux pestes se foutaient ouvertement de ma gueule...

— *Putain, j'viens de passer la meilleure soirée de toute ma vie. Il baise comme un dieu et un doigté... Humm ! Rien à voir avec mon pauvre naze de mari !*

— *Oh ! Veinarde ! Tu fais croquer ta copine ?*

— *Ah non ! Sûrement pas LOL ! J'le garde pour moi.*

Ces messages dataient d'avant mon accident. Des comme ça, y'en avait un sacré paquet. En me faisant passer pour le roi des impuissants, ma pouffiasse de femme m'avait clairement rhabillé pour l'hiver.

— *Hier, il m'a démonté la chatte comme jamais ! J'ai eu du mal à m'en remettre... MDR !*

— *T'as vraiment du bol Carla ! Mais dis-moi, c'est quand que tu te décides à m'présenter ton étalon ? Ça fait des mois et j'sais même pas à quoi il ressemble... Tu m'fais confiance ou pas ?*

— *Patience... Tu sais, j'pense quitter Ezekiel.*

— *Bah avec c'que tu me racontes, ça s'ra pas une grande perte LOL !*

J'devenais fou et, plus je lisais leurs échanges, moins j'avais eu de regret en voyant le cadavre de l'autre pute refroidir sur son lit. Le cœur en miettes, je digérais la nouvelle et un peu plus loin, je lisais que son amant lui avait posé un ultimatum, c'était lui ou moi.

Totalement anéanti, je réalisais que ce n'était pas l'amour, mais la pitié qui l'avait retenue à mes côtés. J'peux même pas vous décrire mon sentiment en découvrant tout ça... Sur le coup, je m'étais senti pire que minable et croyez-moi, pour un homme, un mari aimant, c'est archi dur à vivre. Les doigts empestant le remord, elle écrivait avoir quitté l'autre bâtard...

> — *Il s'est maqué avec une collègue, une certaine Aurélia. J'pense qu'il essaie juste de me foutre les nerfs et j't'avoue... c'est réussi !*
>
> — *Bon maintenant que c'est fini, tu vas enfin te décider à me le montrer ?*
>
> — *Tu garderas le secret jusqu'à ta mort ?*
>
> — *Évidemment ! Tu me prends pour qui ? J'emporterai ton secret dans ma tombe. Promis !*

J'avais eu un rictus en me disant que pour cette fois, la pouffiasse avait tenu sa promesse. Le pouce frétillant sur l'écran je continuais de faire défiler la discussion jusqu'à c'que je tombe enfin sur la photo de son mystérieux amant...

> — *Mais, attends voir... On dirait le flic qui bosse avec ton mari, son collègue. Euh... comment il s'appelle déjà ?*

> — *Liam. Oui, c'est bien lui. Mais chuuuutttt ! Tu m'as promis.*

> — *Croix de bois Croix de fer, si j'mens j'vais en enfer !*

Pendant une bonne trentaine de secondes, j'avais senti mon cœur s'arrêter de battre. J'étais si mal que je peinais à reprendre mon souffle. Paralysé par la douleur, je n'arrivais même plus à sortir le moindre son de ma bouche ni même à verser la moindre larme. Pire que dégoûté, je prenais alors conscience que j'avais ignoblement été trahi non seulement par ma femme, mais aussi par mon meilleur pote, mon ami d'enfance.

Là, très vite, la douleur avait laissé place à une monstrueuse colère et en une fraction de seconde, un feu ardent m'avait fichtrement ravagé jusque dans mes tripes. Je crois bien que ça avait été la pire sensation de toute ma chienne de vie. Humilié, j'm'étais clairement senti comme le dindon de la farce d'une sale bande d'hypocrites et je n'avais qu'une envie... tous les buter ! Pour Audrey, son compte était déjà réglé. Cette pourriture brûlait en enfer. Mais je n'en avais pas encore fini avec elle et les nerfs à vif, je m'étais alors jeté sur sa dépouille encore tiède. Là, les poings levés, je m'étais acharné à lui refaire le portrait.

— AAAHHHGGGRR ! SALE CHIENNEEEE ! CRÈVEEEEE ! hurlais-je, à cran, même si au fond de moi, je la savais déjà crevée.

L'instant suivant, après s'être mangé une putain d'avalanche de coups de poing sur la tronche, le visage tuméfié et en sang, la sale blondasse était méconnaissable.

Le souffle court, je m'étais alors relevé pour reprendre ma respiration et au bord du lit, son portable s'était brusquement remis à vibrer...

— *Bon, j'suis pas prête de rentrer LOL. Mick, tu sais le vigile ? Bah le coquin veut jouer les prolongations ! MDR. Bisou, à demain.*

Franchement, c'était pas l'envie qui me manquait

d'aller attendre cette connasse en bas de l'immeuble et de lui faire la même qu'à sa copine. Mais en regardant mes mains souillées de sang, je réalisais peu à peu qu'un cadavre gisait derrière moi et qu'il me fallait vite agir si je n'voulais pas finir mes jours en taule. Tout ça pour une pauvre pute qui finalement, ne m'avait jamais aimé…

J'avais tout au plus deux bonnes heures devant moi avant que l'autre branquignol de vigile termine ma femme au sperme gluant et que cette pute daigne enfin rentrer à la maison. J'avais donc tout intérêt à magner mon cul pour effacer toutes traces compromettantes de mon passage dans l'appartement d'Audrey. Il me fallait aussi vidanger la chatte à cette immonde pétasse, juste avant de disparaitre. Ça cogitait fort dans ma tête et à cet instant, j'm'étais dit que pour le coup, mon expérience de flic allait grandement me faciliter la tâche.

En un rien de temps, toute la scène de crime avait été passée au peigne fin, il ne restait plus rien, pas même la plus petite trace de mes empreintes. J'avais tout nettoyé, de la porte d'entrée jusqu'à la salle de bain, en passant par la chambre à coucher. Tout était redevenu impeccable, comme avant ma fracassante entrée. Le plus dur avait tout de même été de ramener le corps inerte de cette sale blondasse jusqu'à la baignoire. Là, le pommeau de douche dévissé, j'avais enfoncé le tuyau bien au fond de sa chatte, histoire de lui décrasser l'intérieur du moindre de mes spermatozoïdes. Aspergée d'eau, elle avait gardé les yeux grands ouverts et fixait le vide. La gueule en sang et bleuie par mes coups portés, elle n'était vraiment pas belle à voir et me foutait presque la gerbe. J'sais même plus combien de fois j'm'y étais pris pour rincer son corps, puis vider la baignoire. Peut-être deux ou trois fois. En tout cas la saleté de menteuse était propre comme un sou neuf et en la laissant croupir dans son bain, j'avais enfin tourné les talons, l'esprit serein...

La route était encore longue pour arriver chez moi et dans l'escalier d'Audrey, la prudence était de mise. Alors, par précaution, j'avais dévalé les marches dans le noir le plus total et arrivé dans le parking, c'était pareil. J'avais mis les gaz sans allumer les phares sur plusieurs centaines de mètres.

Une bonne vingtaine de minutes plus tard, en arrivant enfin dans mon parking, j'avais procédé de la même manière, en roulant cette fois-ci au pas. Je ne voulais surtout pas attirer l'attention d'un ou deux voisins, piqués de curiosité par le grondement d'un moteur en pleine nuit. À pas feutrés, j'avais alors monté l'escalier jusqu'à notre appartement. Puis, minutieusement et dans le noir le plus total, j'avais lentement tourné la clef dans la serrure.

Une fois à l'intérieur, je m'étais alors empressé de me déshabiller pour aller prendre une bonne douche. Après cette folle soirée, j'avais vraiment eu ce besoin de décompresser. C'était pas l'envie qui me manquait d'y rester plus longtemps, mais le temps filait trop vite et je savais que Carla n'allait plus tarder. Il ne me restait qu'une dizaines de minutes, tout au plus, avant de voir cette pute débarquer et se glisser innocemment dans notre grand lit froid, juste à côté de moi. Il ne fallait surtout pas qu'elle me trouve éveillé, ni même qu'elle puisse lire toute cette foutue rage sur mon visage. Car avec le cadavre de son amie, sauvagement tabassée dans la même soirée, et mes mains encore rougies par les violents coups portés, ça aurait été le drame. En moins d'un demi seconde, ma salope de femme n'aurait pas manqué de faire le lien.

Cette nuit, en me couchant le premier, j'm'étais douté que les jours suivants n'allaient sûrement pas être une partie de plaisir. J'allais devoir la jouer fine pour ne pas éveiller le moindre soupçon sur le meurtre de sa meilleure amie. Mais j'allais surtout devoir me surpasser pour ne rien laisser paraitre de mes funestes projets à venir...

CHAPITRE 13

L'indic

Cette garce était venue se coucher la peau encore moite de sa douche. Elle avait beau sentir la fleur, mais la gerbe dans l'gosier, j'imaginais les millions de spermatozoïdes de tous ces bâtards, se mélanger et macérer, bien au fond de sa chatte. Et lorsque j'avais senti sa jambe se coller à la mienne, je m'étais retenu de me lever du lit pour aller lui balancer un front-kick en pleine poire. Ah... ça avait été dur de jouer le mari complètement ignare et cocu jusqu'à l'os.

En l'espace d'une soirée, j'étais non seulement devenu un enfoiré d'imposteur, mais à cause de cette salope, j'étais aussi devenu un putain de criminel et croyez-moi, après avoir découvert leur foutu secret, j'étais pas prêt de m'arrêter à tuer. Ce n'était qu'une question de temps avant que j'envoie ces deux traitres rejoindre l'autre poufiasse d'Audrey en enfer. Mais pour ne pas finir ma chienne de vie au placard, enculé à sec par des saletés de taulards en rut, il me fallait un putain de plan et du temps pour réaliser le crime parfait. En attendant de le trouver, je n'avais pas eu d'autre choix que de jouer à l'abruti de service, car avec ces deux-là, je n'avais pas le droit à l'erreur. J'étais obligé d'exceller dans mon rôle...

Toute cette maudite nuit, mon poil s'était hérissé chaque fois que sa peau merdique effleurait la mienne. Tendu comme un string, je n'avais pas attendu la sonnerie du réveil pour faire le grand saut hors du lit conjugal. Elle me dégoutait tellement que ce matin-là, même ma queue avait refusé de se dresser. Un truc habituel et matinal que seuls les mecs peuvent comprendre... J'm'étais senti comme un misérable matou qui venait de sortir de chez l'véto, la bite en moins. J'vous dis pas cette putain de sensation dans mon bide, c'était horrible à vivre ! En la regardant, nue et allongée sur le ventre, enroulée dans nos draps, je pestais de rage. La pute n'avait plus rien d'un ange, mais tout d'un succube, prête à me filer tout un tas de maladies de merde. Pire encore, dans son sommeil, la tête enfouie dans l'oreiller, cette garce poussait de subtils gémissements à la façon d'une chiennasse en chaleur, vous voyez l'genre... C'est que la salope devait sacrément se faire du bien en rêvant pornographie. Le regard noir, à distance, j'observais le mouvement évocateur de ses jambes se croiser et se décroiser lentement sur l'épais matelas. Franchement, j'étais pas loin de lui enfoncer ma matraque dans l'cul, histoire de calmer ses bouffées de chaleur et juste après, j'l'aurais volontiers finie à gros coups de torgnoles dans la gueule. Ses soupirs rendaient l'air de la chambre si irrespirable qu'ils ne me laissaient plus aucun doute sur ses infidélités. À elle seule, sa présence empestait l'hypocrisie à plein nez. Du coup, à bout de nerfs, j'avais serré mes poings à presque m'en fracturer les phalanges. Tout ça pour m'empêcher d'avoir un deuxième cadavre sur les bras en moins de vingt-quatre heures. Car, même si dans un coin de ma tête, j'avais programmé sa mort et celle de son fils de pute d'amant, je ne pouvais pas les buter sur le tas. Pour l'heure, il fallait vite que je quitte l'appartement et que je fasse comme si de rien n'était. L'instant suivant, la bite ramollie entre les jambes, j'avais sauté dans mon uniforme pour fuir sa détestable compagnie.

Sur le chemin du commissariat, je ne pressais franchement pas le pas. Car, avant même d'apercevoir ce faux-cul de Liam, j'en avais eu des aigreurs à l'estomac. Un peu plus tard, en prenant place à mon bureau face au sien, j'avais été tenté de prendre mon flingue pour lui coller une balle entre les deux yeux. Je ne supportais plus sa gueule de rat ni même sa fausse amitié...

— Comment ça va, mec ? t'es parti en bombe hier ! t'as ramené ma caisse, j'espère. Alors, raconte... Carla...

Ce bâtard frétillait d'impatience de m'entendre lui

raconter les détails de ma nuit passée. L'enculé me bombardait de questions sans jamais me laisser aucun répit. J'avais juste envie d'arracher le cœur à cette enflure et de le lui faire bouffer. Alors, pour passer mes nerfs, je n'avais rien trouvé d'autre que ma minable tasse à café que je serrais du plus fort que je pouvais entre mes mains. Tu parles ! Ça n'avait servi à rien et j'étais là, face à lui, avec cette féroce envie de lui enculer sa grand-mère à ce bâtard. C'est pile à ce moment qu'Aurélia s'était fraichement pointée...

— La réservation est faite !

À des années-lumière, j'avais regardé cette conne sourire sans rien comprendre à sa putain d'euphorie.

— Bah... n'me regardez pas comme ça ! Vous avez oublié ou quoi ? Ma promo... on s'était dit qu'on allait la fêter tous les quatre avec Carla au Dishoom. C'est ce soir. Allô, quoi !!!

— Euh... ma chérie je crois que euh... Zack est euh... enfin, c'est pas le moment.

Là, elle s'était tournée vers moi en passant une main compatissante sur mon épaule.

— Ça ne va pas Zacki ?

Non ! Ton enfoiré de mec baise ma femme dans mon dos et toi, grosse bouffonne que tu es, tu lui suces la bite pendant leurs temps morts ! Putain, je vivais un vrai cauchemar et à bout de nerfs, j'étais alors parti vomir mes tripes dans les chiottes...

Enfermé dans une des toilettes du commissariat, j'm'étais senti pire que misérable. Cocu, trahi, pris pour le dernier des cons et j'en passe... C'était archi dur de tout avaler pour un seul homme ! J'étais tellement mal en point que j'm'étais demandé comment j'allais pouvoir tenir tout au long de cette foutue journée et même les suivantes... Dans la cuvette des chiottes, j'm'étais vidé, comme on renverse un seau rempli d'eau sale. Quand tout à coup, j'avais surpris un bref échange entre deux flics pourris jusqu'à la moelle. C'est là, en écoutant leur conversation sur un ex-taulard, que m'était alors venue la pire des idées...

Très vite, j'avais regagné mon poste de travail. Agité comme pas possible, j'avais foutu un bordel monstre sur mon bureau en espérant y trouver l'adresse d'un sale type qui me devait une fière chandelle pour lui avoir évité la taule. Aurélia n'avait pas bougé d'un pouce et plantée derrière Liam, elle m'avait alors proposé de reporter le resto indien.

— Non ! Une promo, ça se fête. C'est à quelle heure ? lui avais-je dit.

— Vingt heures.

— Parfait, on y sera avec Carla.

Surpris par mon changement brutal, Liam m'avait questionné à son tour.

— T'es sûr de toi, mec ? On peut reporter, c'est pas un drame. Demain, après-demain ou dans une semaine...

Je n'avais aucune envie de lui répondre et pour une fois, j'avais été plus qu'heureux de voir débouler le capitaine Conrad, un dossier à la main...

— Smith, on a reçu un appel d'un type qui veut se suicider. Encore un timbré ! Allez voir et réglez-moi ça rapidos ! Cunningham, salle d'interrogatoire, on a besoin de renfort là-bas !

J'étais plus que ravi qu'il me file là un billet de sortie, car passer la journée face à cette tête de fion de Liam était au-dessus de mes forces. Avant de repartir,

Joseph s'était brusquement arrêté sur Aurélia.

— Anderson... Qu'est-ce que vous foutez là ?
Vous voulez tenir la mienne aussi ? Bordel de
merde ! Au boulot ! lui avait-il sèchement
ordonné, son gros cigare coincé entre ses dents
jaunies.

Honteuse, elle était alors partie sans rien ajouter.
Quant à moi, l'adresse en poche de cet enfoiré de
Gordon Moore, j'avais pris ma veste pour aller lui
rendre une petite visite.

En un rien de temps, j'étais arrivé chez l'autre
dépressif. Ce connard était penché à la fenêtre de sa
chambre et ne semblait pas très coopératif. Je n'avais
pas beaucoup de temps devant moi. Alors, en moins
de deux, je m'étais jeté sur lui et l'avais confié aux
mains des services sociaux. L'affaire réglée, je n'étais
pas retourné de suite au poste, car une autre bien plus
importante m'attendais du côté de Soho, là où l'autre
voyou créchait.

Arrivé devant le minable taudis de Gordon,
j'avais tambouriné à sa porte. Ce miséreux était venu
m'ouvrir avec une clope au bec. Il ne portait que de

minables chaussettes noires et trouées sur le bout, un caleçon assorti et un débardeur puant la sueur, prêt à exploser, sous son incroyable montagne de muscles. Putain, j'avais oublié que ce type était bâti comme un colosse...

> — Et merde ! Un sale poulet ! Tu veux quoi mec ? J'suis clean ! avait-il lancé en se retournant vers son infecte piaule.

Avant de lui emboiter le pas j'avais, par précaution, regardé derrière moi, juste pour m'assurer de ne surtout pas être vu en sa compagnie. L'intérieur de la pièce unique était tout à son image, dégueulasse... Ça empestait l'alcool et de gros nuages de fumée grise me piquaient les yeux et la gorge.

> — Tu ne nous aimes pas beaucoup, on dirait. Pourtant j'te rappelle que j't'ai sauvé les miches ! Tu t'en souviens, Gordon ?

Avec sa tronche de looser défraichi, il jouait les gros durs. Mais y'avait qu'à voir ses petits yeux noirs crapuleux pour comprendre qu'en réalité, il pétait de trouille que j'aille le balancer à ce gang, les *Sanguine Badgers*, pour avoir vendu la mèche sur le chef, lors d'une grosse affaire de stups. Ce connard d'un mètre quatre-vingt-dix de muscles avait bien essayé de m'intimider avec une arme qu'il avait choppé de sous un petit meuble...

— Si j'étais toi, je n'ferai pas ça !

— Et pourquoi ? Gros tas de merde de flic !

— Parce que j'suis un poulet et que j'ai su assurer mon cul avant de venir te voir !

— Moi le poulet j'le saigne ! Qu'est-ce que tu veux ?

Là, pour calmer ses ardeurs, j'étais alors parti me poser sur son pieu. J'avoue qu'en voyant l'état éclaté du matelas, j'avais eu peur de me choper des morpions, même à travers mon froc, tellement le truc était crade. Juste à côté, au pied du lit, un seau en métal, rempli à ras bord de pisse m'avait donné d'horribles nausées. Figé sur le dessus, y avais même la mousse de son crachat. Ce type était pire que répugnant, mais c'était le gars idéal pour mon plan.

— Ça te dirait d'en saigner un, tabasser l'autre et même baiser la femme de l'un d'eux, puis la buter ?

Méfiant, il s'était alors brusquement avancé vers moi, en pointant son gun pile entre mes yeux. Persuadé que j'étais branché à une saleté de micro relié à une équipe de flicaillons, planqués à l'extérieur, ce grand couillon ne s'arrêtait plus de me menacer. Et face à sa tronche de constipé, j'avais pas pu m'empêcher de rire aux éclats en pensant que la drogue avait dû finir par lui ruiner le cerveau et le rendre complètement parano.

— Tu m'prends pour un con ? Lève ton pull ! Sac à merde !

Évidemment, je tenais à ma vie et j'avais trop besoin de lui, alors sans discuter, j'avais obéi.

— Écoute Gordon, c'est l'affaire du siècle que j'te propose ! Et, en prime, y'a un paquet de pognon à se faire. Mais ça doit rester entre nous...

Beaucoup plus calme, ce crétin avait soudainement baissé son arme...

— Parle ! j't'écoute le poulet !

CHAPITRE 14

Le bal des faux-culs !

Mon plan semblait vraiment le séduire. Tu m'étonnes ! Buter du flic, violer sa poulette et s'en mettre plein les fouilles, c'était là une occase en or pour un sale type de son genre.

— Oublie pas ! Attends-nous dans la petite ruelle vers vingt-deux heures. J'aurai le pognon sur moi. T'auras qu'à te servir dans la poche intérieure de mon veston, en me bastonnant la gueule...

J'en revenais pas, moi, le flic intègre, j'étais en train

de serrer la main d'un pouilleux, tout ça pour conclure un macabre deal.

— Et dis à tes deux potes, pas touche à la blonde ! la brune démonte lui sa mère, rien à foutre !

— OK le poulet. Mais, j'te préviens, si t'essaies de m'doubler j'te passe la bite au mixeur !

C'est qu'il blaguait pas l'enculé. J'avais vu dans son dossier que dans le passé, Gordon l'avait déjà fait à une autre fiotte pour une banale histoire de came.

— Y'a pas d'embrouilles ! Tue la pute et mon collègue ! Ensuite on se fixe pour le reste de la rançon, dix mille livres !

— OK ! Maintenant, casse-toi d'ici. Pas envie qu'on voit ta face de poulet rôti chez moi !

En sortant d'sa piaule, j'avais eu l'impression de sortir d'un trou de balle, tellement la lumière du jour m'avait aveuglé. Mais, une fois à l'extérieur, je m'étais senti si bien, un peu comme si j'venais d'me vider les couilles dans la bouche de la meilleure suceuse de la planète.

Sur le chemin du retour, La colère avait vite repris le dessus. Plus j'approchais du commissariat et plus j'enrageais à l'idée d'me retrouver une fois encore face à ce traitre. Je vomissais Liam par tous les trous. J'pouvais vraiment plus blairer sa tronche d'hypocrite. Et plus j'y pensais, plus j'me disais qu'il avait dû se régaler à m'envoyer toutes ces merdes de messages et cette vidéo, dans la peau de ce maudit corbeau. Ah ! Pour sûr, lui et ma femme s'étaient bien foutus de ma gueule. En vrai, j'aurais dû m'en douter, car depuis le premier jour où nous l'avions rencontrée, ce chacal n'avait pas du tout caché son attirance pour elle. Pire, c'était tout le contraire. Quel couillon j'avais pu être, mais là, c'était à mon tour de jouer et je comptais bien mettre ces deux ordures « *game over* ».

Ça avait été long d'attendre cette fin de journée. Heureusement, je n'avais pas revu Liam de toute l'après-midi. Ce gland avait probablement dû être retardé sur une autre intervention, et honnêtement, ça m'avait bien arrangé. À l'heure du départ, j'étais très excité par cette soirée, qui s'annonçait d'un rouge sanglant. Juste avant de m'éclipser, j'avais salué une dernière fois Aurélia, juste devant la porte du commissariat. Elle aussi s'enthousiasmait de ce dîner à quatre, mais certainement pas pour les mêmes raisons. J'vous jure, son sourire m'agaçait au plus haut point. C'était la blonde dans toute sa splendeur ! Cette pauvre idiote était tout aussi cocue que moi. Entre nous deux, je ne savais pas vraiment qui était le plus à plaindre... moi, le type marié à une nympho, doublée d'une hypocrite surdouée ou Aurélia, maquée avec un fils de pute, qui l'avait branché, uniquement pour rendre folle de jalousie Carla, ma propre femme... En tout cas, elle ignorait tout de son faux-cul de prince charmant. C'est con à dire, mais en voyant ses yeux déborder d'amour pour cet enfoiré, j'étais arrivé à en avoir de la peine pour elle.

L'heure suivante, au chaud dans mon appartement, j'avais été surpris de trouver Carla assise sur le bord de notre lit. Son téléphone en main, ma pétasse de femme semblait soucieuse.

— Qu'est-ce qu'il se passe ?

Elle avait soupiré en reposant son portable sur le matelas, juste à côté de sa minuscule robe de soirée, vert émeraude.

> — C'est Audrey. Elle n'est pas venue travailler et
> j'ai plus de nouvelles depuis hier.

> — Oh ! T'inquiète pas, lui avais-je dit en lui
> souriant. Ta copine s'est peut-être juste offert
> un break.

Elle n'avait pas l'air convaincue et entre nous, elle
avait bien raison. Mais je ne pouvais tout de même pas
gâcher la surprise et lui dire qu'elle n'allait plus tarder
à la retrouver en enfer. Les minutes suivantes, pendant
que j'enfilais un pantalon en lin beige et ma plus belle
chemise blanche, je la regardais chercher de la
lingerie dans ses tiroirs. Carla s'habillait mollement et
ça me rendait vraiment nerveux. La pute allait finir
par nous foutre en retard, à ses propres funérailles.

> — Dépêche-toi, ils vont nous attendre !

> — Je sais pas quoi mettre, Zacki.

J'avais presque envie de lui dire « à poil », ça ira très
bien.

> — Ta robe verte, en plus elle est courte, comme
> j'aime !

Et surtout plus facile à soulever, avais-je

sournoisement pensé. J'étais tellement pressé d'en finir, qu'elle aurait pu mettre un sac-poubelle sur ses fesses, j'en avais strictement plus rien à foutre.

> — Ne mets pas de sous-vêtement ma puce. Laisse-moi imaginer ta chatte à l'air et bander dur toute la soirée.

Se croyant encore l'élue de mon cœur, cette conne avait souri. Mais elle ignorait qu'en réalité, je voulais juste faciliter le travail de ses violeurs, plus tard, dans la nuit. Après s'être habillée comme une pute, elle était partie se maquiller dans la salle de bain.

> — Mets ton rouge à lèvres, le rouge pétant, celui qui te fait de grosses lèvres de suceuse. J'adore ! Et pour tes yeux, fous-toi du noir, ce truc qui te donne un vrai regard de chienne.

Surprise, sa trousse à maquillage dans la main, elle était revenue sur ses pas.

> — Qu'est-ce qui te prend ? T'es en chaleur ?

> — Pire ! lui avais-je répondu, le regard ivre de vengeance.

L'abrutie s'était une fois de plus trompée sur mes perverses aspirations et les yeux pétillants de bonheur, elle était repartie s'affairer. Pendant ce temps, j'avais profité de son absence pour m'emparer de ses économies, planquées dans ses affaires, bien au fond d'un tiroir. En palpant l'enveloppe pleine de billets, j'avais ricané en songeant que durant des années, elle avait économisé, non pas pour la maison de ses rêves, mais pour payer son exécution et celle de son maudit amant. Si ça c'était pas le karma...

Au bout d'une bonne demi-heure, Carla était enfin prête. Franchement, avec sa surdose de make-up, elle ressemblait à une bonne salope avec un mode d'emploi collé sur sa gueule. Et quand je la regardais, perchée sur ses hauts talons noirs, j'avais pas pu m'empêcher de fixer son joli p'tit cul. À cet instant, j'vais pas mentir, mon seul regret avait été de ne pas pouvoir le lui défoncer moi-même. D'un côté, ça m'aurait peut-être soulagé, d'un autre, peut-être pas... Mais pour l'heure, il nous fallait vite partir sans plus attendre, sous peine de retarder sa mise à mort...

Sur la route, j'avais mis du hard rock en m'imaginant ce moment où Gordon et ses sbires, arracheraient la robe de ma salope de femme en lui mordant sauvagement la peau.

— Depuis quand tu écoutes ça ? C'est nul ! avait-elle dit en essayant de changer la station.

— Non, laisse. Ça m'détend...

Près d'une bonne vingtaine de minutes plus tard, on entrait enfin au Dishoom. En voyant mon collègue baver sur ma femme, je m'étais retenu de lui extirper les couilles, pour les lui servir en cocktail.

— Waouh ! Carla, tu es superbe, l'avait complimentée Aurélia. À côté de toi, j'fais tache.

C'est vrai qu'elle était superbe. Encore une fois, tous les clients s'étaient retournés sur elle. Une fois attablé, j'avais surpris des échanges de regards entre elle et Liam. À cet instant, m'était alors venue une sombre envie de me jouer d'eux, en les torturant à ma manière.

— Et encore Aurélia, dis-toi qu'elle ne porte rien en dessous, pas même un string !

Choqués par ma remarque déplacée, tous m'avaient regardé.

— Mais t'es complètement fou, Ezekiel ! c'est entre nous ça. Ils n'ont pas à le savoir ! soufflait-elle.

— Bah, quoi ? J'ai quand même le droit de dire que j'suis fière que tu fasses bander n'importe quel mec.

Face à moi et de plus en plus gêné, Liam avait appelé le garçon pour nous servir au plus vite. Il espérait là faire diversion, mais j'étais plus que déterminé à foutre une sale ambiance, un truc bien dégueulasse.

— Hein, Liam, j'ai raison ! Dis-lui qu'elle est bonne. Avais-je lourdement insisté.

— Ça suffit ! Tu m'fait honte...

Énervée, Carla s'était alors levée de table pour aller se calmer aux toilettes. Fâchée et dans sa vieille robe de mamie ample et toute noire, Aurélia n'avait pas attendu pour lui emboiter le pas. Une fois seul à seul, ce traitre de Liam s'était fichu en tête de me sermonner.

— Mais qu'est-ce qui te prend ? Bordel ! J't'avais dit qu'on pouvait reporter. Merde Zacki ! Tu gâches la soirée de promo d'Aurélia. J'sais que c'est difficile pour toi, mais essaie de te tenir un peu !

J'vous jure, ça avait été archi dur de ne pas craquer face à ce grand con, à la coupe de cheveux du parfait petit PD. Il me croyait encore branché sur la soirée du club X de la veille et n'avait aucune idée de la monstruosité que j'avais découverte juste après...

— Si tu continues comme ça, elles vont se barrer ! C'est c'que tu cherches ?

C'est qu'il n'avait pas tort l'enculé. Si j'voulais en finir avec les deux, j'avais plutôt intérêt à me calmer. En même temps, c'était ultra compliqué. J'étais clairement assis entre la peste et choléra et j'avais qu'une envie, leur bomber la gueule à tous les deux. J'vous dis pas l'état de mon bide tout au long du repas. Mes intestins n'arrêtaient plus de jouer du yoyo et c'était pire encore qu'une saleté de guerre mondiale. Alors pour faire passer la pilule, j'avais dû avaler quelques verres de vin.

Après plus d'une heure et demie de supplice, j'étais pas mécontent de voir les assiettes à dessert enfin vidées. Je ne sais pas pourquoi, mais avant de quitter les lieux, ce couillon de Liam avait voulu porter un dernier toast en l'honneur d'Aurélia...

— À toi, ma chérie...

Pour le coup, j'étais un peu pinté et face à cette hypocrisie puante, malgré moi j'avais recraché ma gorgée. Furieuse, Carla s'était redressée en me fusillant du regard.

— Je disais donc... à une femme extraordinaire, belle et intelligente, poursuivait l'enflure.

La gourdasse de blonde souriait à pleines dents. Ça m'avait foutu une de ses rages qu'elle gobe toutes ces salades. Alors, mon verre à la main, moi aussi j'avais voulu porter un dernier toast...

— Et j'ajouterais... au cul de Carla ! Puisse-t-il avoir une longue vie pour moi, pour toi Liam, et pour lui, lui, lui, puis lui aussi avais-je dit en désignant tous les mecs du resto.

Vous auriez vu sa tronche... elle était verte de colère et couverte de honte. Là, elle s'était brusquement levée pour m'arracher la joue d'une sacrée paire de gifles. Faut dire que j'l'avais pas volé celle-là... Dans la foulée, sa veste à la main, la jolie brunette avait quitté la salle encore bondée. Pressé d'aller la rejoindre, Liam était parti régler l'addition et en moins de cinq minutes, tous m'attendaient à l'extérieur. Franchement, y'avait pas à dire, mais en les regardant à travers la porte vitrée du resto, à se bouffer nerveusement les ongles, j'avais plutôt été fier de mon coup. Heureux, je m'étais même félicité d'avoir réussi à tenir bon, le cul posé, toute cette foutue soirée, entre ces deux hypocrites. Puis, juste avant de me lever de table pour aller les retrouver dehors, j'avais discrètement zieuté ma montre... le timing était parfait ! Il ne me restait plus qu'à mimer le malaise pour les mener tout droit en enfer...

CHAPITRE 15

Tout est mal qui finit bien
Enfin... ça dépend pour qui !

Je n'étais même pas encore passé de l'autre côté de la porte, qu'elle m'avait déjà assassiné une bonne dizaine de fois au moins, rien qu'en me fusillant du regard. Elle était pire qu'enragée, mais ce n'était pas la seule. À côté d'elle, Aurélia affichait sa trop grande déception. Quant à Liam, ce salopard jouait les mecs compatissants en caressant l'épaule de sa dinde et celle de ma pute de femme. À peine étais-je sorti que mon collègue, dans son parfait rôle d'hypocrite, n'avait pas attendu une demi-seconde pour me faire la morale...

— Non, mais t'as perdu la boule ? Qu'est-ce qui t'a pris ?

Quel connard ! J'vous jure... La ruelle n'était qu'à quelques mètres et j'avais dû ruser pour les entraîner dans le sillage de mes pas. Dans le même temps, ce prétentieux de merde revenait à la charge. Un peu plus et j'l'aurais pris pour le curé du coin. À croire que c'était sa femme que j'avais insultée.

— Tu pars en sucette Ezekiel ! Vraiment. Fallait que j'te l'dise. Tu... tu...

J'en avais ras le cul de l'entendre l'ouvrir pour me faire la leçon. Ce traître baisait ma femme dans mon dos et se donnait des allures de grand prince. Si j'avais pu, j'lui aurais cassé les reins sur place à ce pédé. Mais pour l'heure, j'avais autre chose en tête...

— J'crois que j'ai trop bu ! J'ai besoin de marcher... avais-je alors prétexté, dans l'espoir que ces trous du cul me suivent, sans trop se poser de questions.

J'étais à fond dans mon personnage et pour leur forcer

un peu la main, j'avais joué à la perfection le mec un peu trop défoncé et nauséeux, prêt à s'écrouler à tout moment.

— Zacki ! Où est-ce que tu vas, mon pote ? Attends, merde !

Dans mon dos, ce crétin ne s'arrêtait plus de m'appeler et après quelques secondes, il avait enfin accouru pour me rattraper. Les deux connasses derrière lui n'avaient pas attendu longtemps pour le suivre. Et pour ma plus grande joie, la marche funeste était enclenchée...

Mon plan fonctionnait à merveille. Tous avaient mordu à l'hameçon et Liam, dans sa grande bonté d'enculé, m'avait même soutenu par le bras.

— La poisse ! t'es vraiment mal en point, mon pote !

En voyant ses pompes vernies, j'avais pas pu m'empêcher de feinter le filet de gerbe pour les recouvrir d'une bonne dose de crachat, bien visqueux.

— Désolé mec ! Fallait que ça sorte...

— Merde ! Fais chier... Oh ! C'est pas grave Zack.

Tu parles ! Sur le moment, il avait juste envie d'me buter et entre nous ça m'avait bien fait marrer. Tête baissée, je m'étais discrètement assuré que les deux poufiasses suivaient toujours derrière nous. Le point de rendez-vous était tout proche et j'avais dû continuer à jouer la comédie sur quelques mètres encore. Une bonne trentaine de pas plus tard, en relevant la tête, j'apercevais enfin l'entrée de la sombre ruelle. Là, sans que je m'y attende, cette ordure de Liam m'avait brusquement lâché la main...

— Mec ! C'est dangereux par là... reviens !

Vraiment, ce type me dégoutait au plus haut point. Il était loin d'avoir une paire de couilles et franchement, j'm'étais demandé qu'est-ce que ma femme avait bien pu trouver à ce minable. Sans l'écouter, je m'étais enfoncé un peu plus encore et dans mon dos, sa voix faisait écho entre les murs étroits du long passage obscurci.

— Mais putain ! Ezekiellllll, reviens...

— Non. Laisse-moi. J'suis pas bien. Faut qu'je marche !

Je priais pour que cette tantouze retrouve sa

minuscule paire de couilles qu'il avait perdue en chemin. Dans le même temps, j'avais observé les alentours recouverts d'une légère brume. J'espérais y trouver Gordon et ses sbires, mais rien, pas l'ombre d'un malfrat... La petite rue pavée était déserte. J'étais désespéré en songeant que ce bouffon s'était probablement dégonflé. Dépité, je m'étais alors adossé près d'un tas de grosses poubelles métalliques fichues au centre de la ruelle. J'étais pire que déçu et m'étais senti comme un maudit condamné, contraint et forcé de vivre encore un temps indéfini dans la peau d'un pauvre cocu de mari.

— Bordel Zackkkkkk ! Reviens ou j'arrive te chercher par la peau du cul !

Oh ! Ta gueule, avais-je pensé en essayant déjà de réfléchir à un plan B. Les mains sur ma tête, j'm'étais alors laissé glisser le long du mur. J'devenais fou de l'entendre crier comme une pucelle et pendant un moment, j'avais même songé à faire le job moi-même. Pour me donner du courage, j'm'étais dit que la prison serait sans doute plus agréable que de vivre entourés de ces fils de putes. Quand, tout à coup, le visage enfoui entre mes genoux, j'avais senti une main compatissante sur mon épaule.

— Zacki... ça va mieux ?

J'en revenais pas de voir Aurélia penchée sur moi. L'instant suivant, elle s'était accroupie face à moi et me caressait la joue.

— Comment tu te sens ?

C'était complètement fou. Cette nana avait bien plus de courage que l'autre lavette de Liam et à cet instant, face à elle, je m'étais retenu de pleurer comme un pauvre type. J'avais tellement la rage pour cette pauvre fille et moi. Deux trous du cul, pris pour les derniers des couillons par ces deux ordures. Je n'avais aucune envie de bouger, alors malgré l'odeur pestilentielle des poubelles, elle s'était posée, juste à côté de moi.

— Tu sais Zacki, c'est pas le meilleur endroit pour reprendre une bonne bouffée d'air. Ça schlingue sévère ici...

Je sais pas si elle avait essayé une touche d'humour, mais au moins, elle avait réussi à m'arracher un léger sourire. Et c'est pile à ce moment que les deux maudits amants nous ont surpris en nous rejoignant. Carla affichait toujours sa mauvaise tête, celle de la nénette ultra furax avec un balai dans l'cul. J'avais tellement espéré qu'elle s'le fasse violemment défoncer ce soir. Mais bon... à regret, j'avais abandonné l'idée. Quant à Liam, il était plus que nerveux de nous savoir tous les quatre perdus au beau milieu d'un endroit glauque et très risqué. Incapable de rester en place, ce clochard était presque à me sucer la bite, pour me convaincre de vite quitter ce sinistre lieu.

— Allez mon pote ! Lève-toi. On s'casse d'ici.

C'est là que tout a basculé... Quatre gigantesques silhouettes étaient apparues de nulle part et s'avançaient dangereusement vers nous.

— Merde ! Ezekiel, lève-toi. Viteeeee !!! me pressait-il, son derche déjà dilaté de trouille

J'avoue que moi-même, en voyant ces colosses approcher dans la brume j'avais eu un gros doute. Car, dans mes souvenirs, Gordon ne m'avait parlé que de lui et de deux de ses potes. Sauf que là, ils étaient quatre...

— Ça sent mauvais ! Putain, mec debout !!

Continuait de s'exciter ma tafiole de pote.

Cette larve tremblait de tout son corps et dégoulinait de sueurs froides, pire qu'une foutue éponge à vaisselle. C'est vous dire... ce sale con avait même fini par me foutre les pétoches. Alors craintif pour ma vie et celle d'Aurélia, je m'étais relevé, mais pas assez vite... Ces sales types à la gueule particulièrement dégueulasses nous avaient déjà rejoints et pour mon plus grand bonheur, au centre de cet imposant mur de muscles, trônait Gordon, un grand poignard luisant à la main.

— Regarde Phil, une belle brochette de p'tites salopes ! avait-il lancé à l'un de ses potes à l'œil balafré.

— Ouais... on va bien s'amuser et vous les p'tits pédés, vous allez nous regarder. On va vous montrer comment on baise une pute !

L'enfoiré de Gordon ne m'avait pas laissé tomber et les macabres festivités allaient enfin pouvoir commencer...

CHAPITRE 16

Tu es né poussière...
1ère partie

Comme des saletés de vautours, ils nous avaient encerclés.

— File ton blé, menaçait Gordon en s'adressant d'abord à Liam puis à moi.

Il était tellement bon dans son rôle de voyou qu'en regardant la tronche de Carla et les autres se liquéfier, j'en avais presque eu la trique. Cette fois, mon collègue s'était bien gardé de jouer les gros durs. En un clin d'œil, ce « sans couilles » avait vidé le fond de ses poches, à presque en défaire les coutures. Quant à moi, j'sais pas pourquoi, mais j'avais eu envie de prouver à mon abrutie de femme qu'elle avait misé sur le mauvais cheval. Alors, porté par mon égo démesuré, j'avais voulu jouer les gros bras...

— Qu'est-ce que vous voulez ? Cassez-vous ! Vous ne savez pas à qui vous avez à faire, on est flics !

— Oh putain ! T'entends ça Phil ? Des poulets ! C'est là que tout était parti en sucette. En moins de deux secondes, un des types m'avait foutu une droite à écorner un bœuf. Enculé de sa race, j'en avais vu des étoiles ! L'arcade sourcilière ouverte je pissais le sang. Direct derrière, il avait enchaîné avec un uppercut en pleine mâchoire. Sonné, j'avais alors atterri, le cul par terre. Au même instant, mon fion de collègue s'était collé au mur en laissant sa nénette et la mienne à la merci de ces pervers. Quel lâche, c'était à vomir ! Sans son arme de service, ce mec ne valait même pas une goutte de pisse sur la cuvette d'un chiotte. J'en étais arrivé à avoir honte qu'elle m'ait trompé avec ce bon à rien.

— Regarde Kurt, elle en veut cette petite pute avec sa robe au ras du cul ! sifflait vicieusement l'un d'eux, en dévorant ma femme des yeux.

— Ouais... c'est vrai qu'elle est bandante ! Prem's ! avait alors répondu son gros lard de pote.

Là, en une fraction de seconde, il s'était jeté sur elle, en l'agrippant fermement par les cheveux.

— NON, PITIÉÉÉ, criait Carla, tout affolée par les mammifères, qui se massaient déjà, leur bite en feu.

J'vous jure, c'était un pur plaisir, que de la voir se faire arracher la tignasse et clouer de force sur le sol humide. Le bruit fracassant de sa tête sur le béton avait été si exquis à mon oreille, qu'il m'en avait foutu des frissons dans tout le corps. Allongé sur son dos, le gros plein de soupe lui avait remonté sa minirobe en fessant fort son cul.

— Putain de merde ! T'as pas de culotte, poufiasse, c'est que t'en demandes ! Petite chienne !

— C'est du premier choix ça ! Ah toi, j'vais pas te louper, tu vas déguster salope ! s'extasiait déjà son copain sur la file d'attente.

— NON, NON ! J'VOUS EN SUPPLIE !

Pendant ce temps, Gordon maintenait Aurélia. Même s'il avait été brutal avec elle en la giflant et en lui foutant des mains au cul par-dessus sa robe, je savais qu'il n'irait pas plus loin. Quant à Liam et moi, bordel ! On prenait cher... Heureusement pour ma petite gueule, c'était le plus minus d'entre eux qui me flanquait des torgnoles à n'en plus finir. Ma tête allait d'un côté à l'autre au rythme de ses énormes baffes.

— J'vais t'arranger ta sale tronche de poulet ! Sale connard !

C'était franchement risible, car entre chaque claques, le mec s'arrangeait toujours pour me laisser voir ma femme, juste en face. Minablement allongée sur le ventre, la sale petite garce encaissait méchamment les violents coups de bite de son collègue. Y'avait pas à dire... Gordon avait briefé son équipe d'une main de maître. J'étais au paradis en voyant la queue de ce porc s'enfoncer jusqu'aux couilles dans le cul de

Carla. Plus elle criait, plus j'avais moi-même envie d'appuyer sur le mec, histoire qu'il lui déchire l'anus. Par bonheur, je n'en avais même pas eu besoin. Car après seulement quelques brutaux va-et-vient, j'avais pu apercevoir un filet de sang s'étirer sur la verge de son violeur.

— Humm... Tu mouilles, sale petite chienne ! t'aimes ça, hein ! Tiens ! Prends ça dans ton trou d'balle de pute... Hannn bordel !

— AHHHH NONNN ! PITIÉÉÉ, ! STOOOOP, hurlait-elle, avec son petit orifice rouge de sang.

— Ta gueule ! J'ai pas fini !!

Sans la ménager, il lui avait tout arrachée. Ma jolie brunette n'avait plus le moindre tissu sur elle et ses seins écrasés sur le bitume, je la regardais subir la sauvagerie de ce barbare, complètement déchaîné. À croire que ce type n'avait pas baisé depuis un bail ! Mais, entre nous, j'allais pas m'en plaindre. Carla voulait de la bite, bah, elle allait en avoir ! Ah ! Vraiment...c'était encore bien meilleur que si je lui avais moi-même fourré la mienne ! À ma droite, toujours collé au mur, Liam se prenait des rafales de coups de poing. Son agresseur, plus costaud que le mien, avait bien retenu la leçon et s'était fait un malin plaisir de lui écrabouiller les couilles à gros coups de genou.

> — Alors, la fiotte... T'aimes ça t'en prendre plein la gueule ! Tourne-toi, pédale ! J'ai envie de juter dans ton petit cul de pucelle !

Oh ! J'en revenais pas... affaibli et sacrément amoché, cet enfoiré s'était laissé baisser son froc, comme une misérable victime. Là, il s'était mangé un mauvais coup de pied dans le bas du dos et lui aussi, avait fini le cul par terre. Son agresseur n'était pas prêt de l'épargner. Sans pitié, il lui avait éclaté sa belle dentition d'un foudroyant coup de talonnade. Sonné, Liam s'était étalé à plat ventre. Pendant ce temps, moi le flic cocu, je continuais à me ramasser de sacrées gifles et à force j'avais fini par en perdre une canine. Mais franchement, ça en valait la peine. J'aurais volontiers sucé un des gaillards, juste pour le plaisir de prolonger le supplice de ma femme et de son bâtard d'amant. L'instant suivant, en voyant ce loubard se défroquer pour l'enculer à sec, j'avais eu envie de gerber. J'étais clairement partagé entre le dégoût et la joie de voir mon traite de pote se faire prendre la rondelle. Putain ! C'est qu'en plus, elle était vachement balèze ! J'aurais dit un bon vingt-six centimètres facile. Les coups de reins étaient si rudes et difficiles à encaisser qu'au bout de sa vie, ce sale corbeau de Liam en avait eu du mal à respirer. Avachi comme une fiotte, ce couillon postillonnait du sang, en suppliant son agresseur d'arrêter. J'peux pas vous décrire l'immense plaisir que j'avais eu à les voir, lui et Carla, tous deux couchés au sol, à se faire salement ramoner le fion. Franchement, sans aucune pénétration j'prenais quand même un pied d'enfer, le meilleur de toute ma putain de vie ! J'étais pourtant plein d'ecchymoses partout sur la tronche, j'avais même des dents en moins et un mal de chien à respirer à force de prendre des coups. Mais c'était tellement jouissif à regarder que j'en demandais encore et encore. Malgré tout, entendre la détresse d'Aurélia dans mon dos me serrait le cœur. J'aurais vraiment voulu lui prendre la main et la rassurer. Lui dire que tout ça n'était qu'une fichue mise en scène et qu'elle n'avait rien à craindre. Du moins, c'est c'que je m'étais imaginé, jusqu'à c'que d'un coup d'un seul, tout s'était brusquement accéléré...

CHAPITRE 17

Et tu redeviendras poussière !
2ème partie

Phil, le gars qui s'extasiait dans le cul de Liam l'avait brutalement attrapé par la tête pour lui briser la nuque en un violent tour de main. L'horrible craquement de son cou m'avait littéralement glacé le sang. Quant à son violeur, lui, restait très excité et grimaçait même de plaisir, en s'enfonçant un peu plus dans le fion du macchabée. C'était complètement fou mais le type continuait de le baiser si sauvagement, que moi-même, j'avais fini par en avoir mal au cul.

Puis, d'un coup, ce débile s'était brutalement raidit en hurlant...

> — Prends ça ! Sale petite pute de poulet de merde ! avait-il crié, en lui jutant dedans.

J'aurais été incapable de vous dire c'que j'avais ressenti à ce moment-là, mais c'était complètement dingue. Je n'avais pas été le seul choqué par l'abominable scène d'horreur. Derrière moi, en apercevant le corps inerte et salement amoché de son minable mec, Aurélia s'était soudainement mise à hurler d'effroi.

> — AAAHHH !!!! LIAAAAM... NOOONNN...

Pour la faire taire, Gordon lui avait alors flanqué une énorme paire de claques à lui entailler les pommettes.

> — Ferme ta gueule, salope, sinon je te fourre ma bite dans la bouche pour te faire taire !

Puis, d'un mouvement brusque, il l'avait plaquée, face contre le mur. La bave aux lèvres, ce porc s'était fait du bien en se frottant vulgairement à son entrecuisse.

> — Quoi ? Toi aussi t'en veux ? Tu sais qu't'es bandante ma mignonne ?

Ça partait dans tous les sens et au fil des secondes je craignais de plus en plus pour Aurélia.

— PITIÉÉÉ, PITIÉÉÉ, ... À L'AIDEEEEE !!

— Tu transpires la peur, ça m'excite ! Tu vas gentiment te laisser faire ! P'tite pute... lui susurrait-il à l'oreille, tout en lui remontant sa longue robe noire.

Courageusement, j'avais alors essayé de me redresser pour lui venir en aide. Mais au même instant, Phil, l'autre pédale de violeur, s'était méchamment relevé du corps de Liam pour venir prêter main-forte à mon minable agresseur, William, je crois. La bite à l'air, recouverte de sperme et de sang, Phil s'était méchamment acharné sur mon estomac avec une incroyable puissance. Le souffle coupé, je les entendais se marrer à s'en fendre le bide...

— Occupe-toi de lui, avait ordonné mon bourreau à son collègue défroqué. Moi aussi j'vais me décharger !

J'avais vraiment eu peur qu'il se jette sur Aurélia, mais je crois que par chance, la belle paire de seins de Carla qui ballotait dans tous les sens l'avait férocement attiré.

— Dégage Kurt ! Chacun son tour !

Manque de bol pour lui, logé au plus profond du cul de ma salope de femme, le gros lard n'avait pas envie de bouger. C'est alors que les deux loubards se sont tapés sur la gueule, juste au-dessus de ma femme, en piteux état. Le visage ensanglanté, avec ses ongles vernis et à moitié pétés, elle avait bien essayé de ramper vers moi. Mais, William s'était tout à coup retourné sur elle pour la traîner par les chevilles.

— Où tu vas ? Sale pute !

Là, d'une main, il l'avait attrapée par la nuque pour la soulever et la plaquer aussi sec, face au mur.

— Écarte tes cuisses, salope ! lui avait-il brusquement hurlé dans les oreilles, en lui cognant si violemment la tronche sur les briques de pierre qu'elle en avait perdu quelques dents.

C'était un vrai régal de voir William s'enfoncer jusqu'aux couilles dans la chatte à Carla.

— Han... Tu la sens ma queue, hein ! Oh oui...

— AAAHHH... NONNN...

Franchement, si je ne m'étais pas inquiété du sort d'Aurélia, j'aurais presque pu juter de plaisir dans mon froc, rien qu'en entendant la détresse de ma pétasse de femme. Mais elle n'avait pas pu crier bien longtemps, le gros balourd était vite revenu à la charge pour lui remplir la bouche avec son énorme queue. Méchamment ramonée par tous les trous, cette pute subissait sans aucun répit l'assaut enragé de ses violeurs. Pendant ce temps, Phil m'avait offert un moment d'accalmie en allant se rhabiller. La gueule défigurée, je m'étais alors retourné vers Gordon...

— Lâche-la ! Sale enculé, lui avais-je subitement ordonné, droit dans les yeux.

— Tu vas faire quoi le flic ?

Honnêtement, j'avais été incapable de voir dans les siens s'il jouait toujours la comédie ou si à la finalité, ce connard avait prévu de tous nous buter. Quant à Aurélia, la malheureuse avait ce regard désespéré, à presque m'en faire regretter ce foutu deal.

— Lâche-la, bordel !

— Viens la sauver...

J'avais dû puiser dans mes dernières forces pour me

relever. Là, il s'était jeté sur moi en m'entraînant un peu à l'écart des autres pour me faire les poches et remplir les siennes du magot. En tenant l'épaisse enveloppe bourrée de fric, Gordon m'avait souri. Je ne sais pas ce qui avait été le plus insoutenable, les violents coups de poing encaissés ou son haleine de chacal. Pétrifiée, Aurélia n'avait pas bougé d'un pouce et en voyant Carla violée et méchamment torturée par ses agresseurs, elle avait hurlé à pleins poumons.

— Putain ! La connasse, elle va sonner l'alerte !

pestait Gordon, toujours face à moi.

Alors, sans perdre un instant, il était parti assommer la blonde d'un violent uppercut en pleine poire. Aurélia K.O, on n'entendait plus rien, si ce n'est les supplications de Carla à ses deux violeurs. Elle était clairement au bout du rouleau et, couverte de bleus, la salope peinait à reprendre son souffle. Presque la moitié de ses cheveux avaient sauvagement été arrachés par les deux mammifères et traînaient sur le sol humide. Dans un ultime effort, ma femme avait relevé la tête et mon Dieu, c'qu'elle était moche !

Toute boursoufflée, le visage en sang, elle pleurait toutes les larmes de son corps en me suppliant de l'aider.

— Oh putain ! Ça vient... humm ! J'vais t'remplir ta grosse chatte de salope... han c'est bon... ouais... HANNN hurlait William, en la maintenant prisonnière entre ses énormes mains.

Quant au gros lard, il la finissait tranquillement à la pisse en la forçant à boire. Au même instant, Gordon s'était alors approché de moi.

— Mes potes ont fini.

Là, il m'avait aidé à me relever pendant que Carla restait pitoyablement à quatre pattes sur le bitume à pisser le sang.

— Elle est en vie. C'était pas le deal ! lui avais-je discrètement soufflé à l'oreille.

— C'est exact ! On va voir si t'as des couilles le poulet ! m'avait-il alors répondu en me tendant son poignard.

Liam mort et Aurélia assommée, je n'avais pas attendu plus longtemps. Avant d'en finir, j'avais eu envie de jouer avec elle en la trompant sur mes intentions. Alors, tel un preux chevalier, je l'avais relevée du sol. Là, convaincue que j'avais accouru à son secours, cette pauvre conne m'avait enlacé. Mais à la seconde suivante, elle avait très vite déchanté...

— Ne me touche pas, salope ! Je sais tout... Les clubs à partouze, Liam ! Vous vous êtes bien foutus de ma gueule tous les deux !

Je n'oublierai jamais son regard. Vous savez celui du pauvre misérable pris la main dans le sac. Ces yeux de merde qui empestent la trahison.

— Ouais, vas-y mec ! Saigne là cette garce ! m'encourageait les sbires de Gordon.

— Magne ton cul ! On n'a pas toute la nuit. L'autre pute de blonde a dû alerter le voisinage ! relançait mon homme de main.

Tenue de part et d'autre contre le mur, elle tenait à peine debout et tremblait de tout son corps. Sa peau et son visage salement amochés par ces barbares, elle était méconnaissable.

— Pitié Zacki. Non, je t'aime...

Sa langue de pute venait tout juste de prononcer son

dernier mensonge.

— VA EN ENFER ! avais-je alors brusquement
hurlé en lui tranchant net la gorge.

Malgré les giclées de sang, pris en pleine face, je ne
voulais pas manquer le spectacle de la regarder rendre
son dernier souffle de vie.

L'instant suivant, les deux gorilles avaient
relâché leur emprise en laissant le corps de Carla
retomber sur le sol. Moi, les yeux exorbités de plaisir,
je continuais à la regarder se vider de son sang. Quand
d'un coup, d'un seul, Gordon m'avait brusquement
repris le poignard des mains...

— Bonne nuit le poulet !

C'était là les dernières paroles que j'avais entendues,
juste avant de sombrer à mon tour...

Il m'aura fallu attendre près d'une dizaine de jours pour foutre ta saleté de dépouille en terre. Et, ironie du sort, c'était tombé un quatorze février. Tu auras eu la plus mortelle des Saint-Valentins !

« Nous sommes tous réunis ici pour rendre un dernier hommage à Carla Smith, un ange que dans ta grâce divine, toi Seigneur, tu as décidé de rappeler à ton royaume » ...

Pfff ! Un ange ! Non, mais la blague ! Une putain des bois, une catin, une mangeuse de bites. Tout, mais certainement pas un ange ! Il te connaissait bien mal ce curé et intérieurement, j'avais même pensé que ça avait dû être le seul parmi nous qui n'avait jamais connu tes talents de suceuse. J'avais aucune envie d'écouter ce mec avec sa robe de pingouin. Pour le coup, j'préférais encore me remémorer ces quelques jours passés...

J'avais mis pas moins de quarante-huit heures avant d'émerger et quelle fut ma surprise en ouvrant les yeux, de voir la face dépitée de mon bon vieux capitaine, ce cher Joseph Conrad. Face à lui et quelques-uns de mes collègues, ça avait été dur de jouer les veufs éplorés. Tu parles ! Plus ils se lamentaient sur mon triste sort, plus sous les draps blancs de ce foutu lit médicalisé, ma bite prenait des centimètres de plaisir. C'était tellement jouissif de les entendre me confirmer que mon plan avait fonctionné à merveille. Que cet enfoiré de Liam et toi, avec ta chatte encore plus cotée que cette saloperie de gare de Kensington, vous n'aviez pas survécu à cette soirée.

— Smith, je suis vraiment désolé. Votre femme est... elle est... elle est morte. Je suis navré mon vieux, m'avait-il annoncé, en essuyant une petite larmichette sur sa joue.

Un énorme bandage autour du crâne, j'avais alors feint la tristesse, mais d'un œil seulement. L'autre était recouvert d'un saleté de pansement molletonné. C'est que Gordon et son équipe de loosers ne m'avaient pas loupé non plus. J'étais moi aussi dans un piteux état et comme couverture, je n'avais pas pu rêver mieux. En réalité, au même instant, j'me souciais bien plus d'Aurélia que de ton merdique cadavre, certainement dépecé sur une table froide par un toubib, pour les besoins de l'enquête. J'en avais strictement rien à foutre qu'ils retrouvent ou non les traces de tes agresseurs, ou encore qu'on me balance des phrases du genre « *on est sur le coup mec ! T'inquiète pas on va les retrouver ces fumiers* ». Mais LOL... Quelle bande de nazes ! Ce jour-là, ça défilait sévère dans ma chambre. Tous étaient venus pleurer ta disparition et présenter leurs condoléances. Putain ! J'en avais eu plein le cul de devoir pleurer avec eux. À force, il ne me restait même plus une goutte de pisse dans le réservoir. Toute gentille, Jenna m'avait même apporté des fleurs et à côté d'elle, David ne s'arrêtait plus de chialer comme une madeleine. À croire qu'il s'agissait de sa propre femme. Mais mort de rire ! Il me foutait tellement le bourdon qu'à un moment, ce couillon avait fini par me foutre un sacré doute. T'avait-il lui aussi tringlé la chatte ? Bordel de merde ! T'étais crevée, morte, décédée, plus d'ce monde et j'étais encore là à me demander combien t'avaient ramoné le trou d'balle dans mon dos. Entre les clubs X, Liam et peut-être ce flan de David, c'était plus des cornes de cocu que tu m'avais enfoncées dans l'crâne, sale pouffiasse ! J'avais été le seul abruti à pas voir ces gigantesques palmiers de vingt mètres de haut ! J't'ai détesté pour ça et j'te détesterai toute ma chienne de vie. Vraiment... j'te jure, t'aurais dû les voir, à l'hôpital. Ils me filaient une de ces gerbe. Tous avaient cette infernale compassion pour moi, et l'ont encore aujourd'hui, face à ton beau cercueil aussi noir que ton maudit cœur de salope.

Assis sur cette chaise métallique, je savoure là les dernières réjouissances de ta mise en terre. Je ne regretterai jamais de t'avoir dégagée de ma vie à grands coups de pied au cul. Un aller sans retour en enfer. C'est tout c'que tu mérites ! Mais ne t'inquiète pas Carla, tu auras de quoi faire là-bas. Eh oui, quand on aime on ne compte pas ! N'est-ce pas chérie ? Ton tendre mari a pensé à tout, même à t'offrir de la compagnie pour l'éternité. Vois-tu, ces barbares qui t'ont défoncé le cul à grands coups de bites, et bien, j'avais peur que tu les regrettes ! Alors, dans ma plus grande bonté, j'me suis arrangé pour les descendre, six pieds sous terre. Tu n'me croyais tout de même pas assez con pour les laisser en vie ! Enfin... Ça avait été vite réglé. Un rendez-vous fixé en pleine nuit avec cette belle brochette d'incapables, tous regroupés dans une caisse probablement volée et boom... Une grenade explosive plus tard et ces voyous n'étaient déjà plus de ce monde. J'espère que ça t'a fait plaisir de les voir débarquer et que tu les as bien accueillis. Après tout, ils ont donné de leur personne... Je crois bien que jamais de ta vie tu n'auras été baisée de cette manière ! En tout cas, certainement pas par ta fiotte d'amant. Justement, parlons-en de lui... En fait, s'il n'avait pas été aussi con à m'envoyer tout un tas de messages, cette larve serait encore en vie et continuerait même de te trouer la chatte dans mon dos. Mais non, Monsieur a voulu jouer les corbeaux ! Malheureusement avec moi, il est tombé sur un os et cette pédale y a laissé ses plumes. Bien fait pour sa gueule ! Quand j'pense que depuis notre enfance, j'l'ai aimé comme un frère. Pourriture ! Rien qu'à voir son cercueil blanc à côté du tien, j'en ai la nausée. Mais, je ne pouvais pas refuser ça à Aurélia. C'est elle qui l'avait voulu... vous enterrer ensemble. La pauvre, elle ne saura jamais à quel point elle a été trahie. À quel point Liam s'est foutu de sa gueule et de son amour. Aujourd'hui, elle est là, assise aux premières loges de vos funérailles communes et cachée derrière sa grosse paire de lunettes noires, elle pleure son chagrin. Sa main dans la mienne, je ne sais pas si un jour j'aurai le courage de lui dire toute la vérité. De lui avouer votre traîtrise, votre infamie...

Tu sais Carla, dans l'fond, toi et Liam, vous vous ressemblez et j'espère de tout mon cœur que vous brûlez en enfer.

« J'invite ceux et celles qui ont apporté des fleurs à les déposer maintenant. Repose en paix, mon enfant » ...

Voilà. On y est. C'est l'heure de nous dire à jamais ! Les gens se bousculent pour te déposer leurs roses rouges en gage d'un amour qu'ils te portaient. Au fil des secondes, la foule s'éparpille enfin. Je regarde Aurélia déposer une belle gerbe fleurie sur le cercueil de l'autre bâtard. Elle me brise le cœur, mais je ne dis rien et l'observe silencieusement s'essuyer les joues.

— Je t'attends dans la voiture, me dit-elle, d'une voix douce et fragile à la fois.

En la regardant partir, j'me félicite de lui avoir ôté ce misérable insecte, car vois-tu, Aurélia n'est pas comme toi. C'est une femme bien, belle et intelligente. Et je ne peux pas la blâmer d'être aussi conne de croire à un amour qui n'a jamais existé, car moi-même, j'avais cru au tien.

Je suis le dernier à partir, le dernier à te saluer. Tu ne peux pas savoir quel plaisir j'ai eu à t'offrir un bel enterrement en ce jour de Saint-Valentin et avec ton argent. C'est un cadeau, comment dire, quelque peu funeste, mais incroyablement mortel ! Ne m'en veux pas si ma rose noire fait tache au milieu des autres rouges sanguines. Après tout, elle te ressemble, toi Carla, le poison de ma vie.

— Joyeuse Saint-Valentin, pétasse !!!

En allant rejoindre Aurélia dans la voiture, je me sens l'homme le plus heureux sur terre, car tu n'y es plus. Aujourd'hui, je suis comme libéré d'un horrible fardeau encrassé de sperme. Tu n'sais pas la joie dans mon cœur de savoir que chaque matin, je n'aurai plus ta tronche de salope face à la mienne. Ta puante présence disparaîtra à tout jamais de mon esprit, mais aussi de mon cœur.

Aurélia est déjà devant la portière, côté passager. À vrai dire, elle est plutôt pas mal foutue dans son joli tailleur noir. J'avais jamais remarqué ses jolies fesses ni cette belle paire de nichons qu'elle cache sous son horrible uniforme. Cette nana pourrait être du feu de Dieu si elle savait un tantinet s'habiller. J'dirai pas non pour devenir son costumier attitré. Car après tout, ce chien de Liam ne s'était pas gêné d'enfiler ma femme dans mon dos. Alors, pourquoi pas me taper la sienne maintenant ?

— Zack, tu as les clefs ?

— Oui, attends, dans ma veste.

Merde ! Foutu téléphone qui prend toute la place. Je ne sais pas pourquoi, mais instinctivement, en le sortant de ma poche je regarde l'écran...

« 1 message reçu »

Innocemment, je l'ouvre. Mais je n'aurais peut-être pas dû...

*« **Bravo Ezekiel ! Tu remportes la palme d'or du plus gros enculé sur terre. Je suis impressionné par tes talents d'acteurs. Tu connais du beau monde, dis donc ! Quelle bande de cons, ils t'ont obéi au doigt et à l'œil sans se douter que tu finirais par tous les buter eux aussi. Je m'incline devant ton machiavélisme.***

Enfin... je ne vais pas te blâmer, car le fils de pute que tu es nous aura finalement vengé tous les deux ! Par contre, je suis au regret de te dire que tu t'es trompé d'oiseau de malheur...

Au fait, t'en jettes vraiment dans ton costard de

pseudo veuf ! Grande classe !

Allez, sans rancune mec !

Ton ami, le seul et l'unique corbeau ! » ...

FIN...

À PROPOS DE L'AUTEUR

Pour ceux qui ne me connaissent pas encore très bien, je m'appelle Victoria B, je suis née dans les années 80 et j'habite le sud de la France.

J'aime écrire depuis des années, pas seulement des romances contemporaines teintées d'érotisme, mais aussi de la Dark psychologique. J'aime fouiller dans le cerveau de mes personnages pour en extraire le pire et parfois le meilleur. Jouer sur la sensibilité et parvenir à arracher une petite larme à mon lecteur est jubilatoire pour moi, c'est là ma plus belle récompense.

Merci de m'avoir accompagnée le long de cette histoire en espérant vous retrouver prochainement pour de nouvelles aventures.

Retrouvez tous mes autres ouvrages :
JUSTICE SANGLANTE – FUNESTE SAINT-VALENTIN
GABRIEL L'ENFANT MAUDIT & HORROR LAND
Disponibles sur Amazon & Kobo
Attention ! Toutes sont des dark psychologique gore & horrifique, uniquement pour un public majeur & averti

Printed in France by Amazon
Brétigny-sur-Orge, FR